轉　角　的
換書商店

A.Z.著

・第三屆兩岸青年網路文學大獎獲獎作品・

1

一九八〇年十二月。

「你這不要臉的東西！自己生的種卻不願意負責嗎？我同意離婚，成全你和那女人還不夠嗎？居然還要把小孩的監護權丟給我！」

「妳無憑無據的說什麼女人？講話要講證據，不要血口噴人，虧妳還是個律師！我是說孩子跟著媽媽對他也比較好，每個月的贍養費我不會少給的。」

「哈！錢？錢我多的是，你以為我稀罕你的？」

「跟妳話不投機！」

「去死！」

砰！

我看著房間內的掛鐘，因為甩門太用力而震動了一下，宣告著爭吵結束。每天，他們總要吵上一次，好像這樣吵著吵著就會達成共識，但就是因為他們沒有共識才會走到離婚這一步。

走出房間，我看見媽還氣得在喘氣，客廳的菸味飄散在這華麗的挑高空間中，水晶吊燈閃爍著光芒，成了一種諷刺。

我伸出右手，「沒錢了。」

「自己去書房的抽屜拿。」她連看都沒看我一眼的說。

書房內的抽屜一拉開，裡頭有著一疊又一疊的鈔票，桌上的相框被蓋了下來，我好奇地拿起來看，照片中父母笑得很開心，媽媽還抱著仍是嬰兒的我。對現在的他們來說，這種照片恨不得全一把火燒光了吧。

我毫不客氣的拿了兩疊錢塞進口袋，今天大學還有課，但我一點也不想去，應該說，我根本不知道，這種人生到底活著要幹嘛？

攔了計程車，我直接去了這幾年新開的芝麻百貨，沿路有不少警察在巡邏，由於上禮拜高雄好像發生了暴力叛亂事件，導致最近每個地區都更加嚴格管制，監視有沒有成群結隊的人們。

每個人都說戒嚴剝奪了自由，所以有很多人為了反抗這個不合理，總是一再偷偷挑戰著權威，我覺得很無聊，反正那和我沒關係，不管這個世界變得多亂，我的日子過得很舒服就好了。

即使我完全不知道每天醒來要幹嘛，也不懂念那種花錢套關係進去的學校能有什麼用，反正，都和我沒關係。

我一走進百貨公司，眼尖的櫃姐馬上湊過來向我東推西。有時候，我都能讀出她們臉上那諂媚的背後，是怎麼想我的：人啊，生得好就是不一樣，才幾歲就學大人來這裡買這些早熟的東西。

我隨便試了一雙皮鞋後就掏出大把的鈔票結帳。我就是有錢，因為這個世上沒有任何一件事物，是錢買不到的。

即使，身在這個不知道還要戒嚴多久的世界也一樣，錢無比好用。上個月我才酒駕撞傷了人，我爸還不是花錢就搞定了，就像什麼事都沒發生過一樣。

有錢，然後別跟政府作對，就是這個社會的生存法則。而那些做不到的人就只能像個輸家一樣，整天偷偷罵著政府的黑暗，策劃著愚蠢至極的叛亂行動，我實在不懂，為什麼有人活得好好的偏要做那些事情然後被抓走？

我買了很多根本用不到也穿不到的東西，接著又搭著計程車去高級餐廳吃飯，這種西餐廳的服務都很高級，我從來不需要自己動手切肉，因為我很常來，甚至連點餐都省了，每個人看見我都笑著歡迎，就好像我是觀音菩薩現身一樣誇張。

我並不覺得那間餐廳很好吃，但我喜歡每個經過餐廳的人，隔著玻璃羨慕我的樣子。我過著每個人想要也得不到的生活，我走在學校，也沒人敢找我麻煩，因為我每個月都拿很多錢給學校的壞學生老大，有他在我背後撐腰，就算有人忌妒我、想找我麻煩也辦不到。

錢，買了任何我需要的東西。但，我卻老是覺得內心像有個無底洞，無論我怎麼大口吃肉、狂買東西都無法填滿。

「那個小孩是誰啊？才幾歲就一個人來這裡吃飯。」

「噓！他是那個水泥業龍頭家的兒子！而且他媽媽還是個知名律師，專打企業官司。」

「難怪了，真好啊，含著金湯匙出生的就是不一樣，哪像我們這種白手起家的。」

「是啊，以後我絕對不可能讓我兒子這樣亂花錢。」

那些坐在我後頭的大人們，肆無忌憚的談論著我，明明他們也害怕我家的背景，但卻因為不想在眾人前丟臉，只好硬撐著臉皮的批評我，並在心裡害怕著我會不會記住他們，回去告訴爸媽。

我沒那麼無聊。

只是有點被壞了食慾而已。

我丟下才吃了一半的主餐，直接離開，餐廳的人會去跟我爸的公司請款，我完全不需要去做結帳這種瑣碎的動作。

踏出門外，我不知道還能去哪。這日子，乏味得讓我，快要不知道該怎麼辦才好了。

沒辦法，我只好再去學校打發時間，大二的課程雖然很滿，但對我來說沒差，我就算整個四年都沒去念，我爸還是有辦法讓我畢業，因為他絕對不能容忍自己的兒子延畢，他不會讓這種事發生，但也不會想要罵我，對他來說最省事的就是用錢解決，因為他光煩惱他的公司、還有他那即將結束的婚姻都來不及了，哪有時間分心煩惱我呢？

我沒差，我根本不在乎那些。

進了教室，教授原本正要回頭罵是誰遲到，但一看見是我又默默閉上嘴，並裝作什麼都沒看到的繼續教課。我隨便選了個位子坐下，直接把腳翹在桌子上，聽沒兩句就有點昏昏欲睡了。

直到下課鐘響，兩個女生湊了過來，一臉笑得很假，不知道又想從我身上得到什麼的表情，就和那些百貨公司的櫃姐一個樣。

「什麼事？」

「其實，我們想問你，明天要不要一起去知本泡溫泉？聽說那裡的溫泉旅館都很不錯喔！」

我完全不記得現在開口說話的女生叫什麼名字，但我肯定知道的是，她們希望我能一起去並且順便當個付錢的凱子。

「好啊。」

「真的?!那就這麼說定囉！明天早上十點在車站集合！耶！」她們立刻樂成一團，還自以為是用她們不怎樣的外表成功誘惑了我，可笑得要命，我只是太無聊了，剛好也想去泡個溫泉，看會不會有什麼樂趣。

*

要去知本泡溫泉，從台北出發的話搭火車是最快的，三個人面對面的坐著，我的旁邊是個空位，剛好讓我把扶手扳起來橫躺，接著擺出一點也不想參與她們話題的表情，她們也就乖乖不吵我。

「對了，妳們聽說了嗎？昨天小美說，如果我們要去知本的話，可以順便去換書商店喔。」

「換書商店？那是什麼啊？」

「聽說，那是一間無人看顧的商店，裡面不一定每次去都有書可以換，但是如果有的話……就可以交換那本書原書主的一切喔，什麼都可以換，可以換愛情、換人生還是換夢想，什麼妳想的到的都能！」

「可是……這樣如果那個人的命運也很爛的話，那不就慘了？還能換回來嗎？」

「好像……不行欸，只要換了就沒辦法再換回來了。」

「我才不要呢，要是換完我變成了笨蛋怎麼辦？」

「可是，如果換到的是個有錢人的人生呢？誰也說不準啊。妳看，我還帶了書來，一人一本。」

忽然，其中一個人硬是塞了一本看起來我一輩子也不會買的小說給我，我只看了一眼書名，就確定我絕對不會拿起來翻，什麼《雨季不會來》，這種愛情小說也只有女生會喜歡。

但，我卻沒有拒絕收下小說。

因為，我對她說的那個商店很感興趣，交換人生？什麼都能換？雖然相信這種事很蠢，反正我都這麼無聊了，去看一看也沒關係吧。

「我啊，很想換個愛情，妳也知道我的愛情運一直都不怎麼樣。」

「不要啦，要是妳換到一個什麼奇怪的人怎麼辦？」

「哈哈哈！換愛情運又不是換男人，妳擔心過頭了！」

「那個換書商店就在溫泉街的附近，聽說是在某一條巷口轉角，我們明天就去找找看？」

「也好，這樣我才能阻止妳不要亂換奇怪的東西。」

聽說隔天她們兩人一早就去找了，我沒跟著去，到中午吃飯時，聽她們說找是找到了，但就只是個破爛的推車，隨便漆個油漆加個屋頂的攤位，而且上面半本書都沒有，被丟在轉角處一間破爛得連屋頂都被吹掀的屋外，就算有人路過，也根本不會注意到。

「天啊！好失望喔，怎麼和傳說的都不一樣啊。」

「是啊，我原本很期待可以交換的。」

「妳就別再作這種白日夢了。」

午餐時，她們點了旅館最貴的餐點，吃飽後才一臉笑嘻嘻、裝傻地離開，明明就是想要我付錢，卻還演這一齣實在噁心。

下午，台東的冬天和台北的濕冷不同，雖然昨天傍晚抵達的時候也是很冷，但此刻有了陽光，溫感就差了很多，很舒服，會讓人想出去走走。

出門前我順手拿了那本小說，往她們發現的那附近去，可是並不是那麼好找，我在附近到處亂晃了半個多小時，才找到她們形容的地方。

遠遠的，看到一個紅色的推車攤位就這樣佇立在前方的轉角處，的確後頭的屋子連屋頂都掀了，晚上路過搞不好還會被認為是個鬼屋。

叮鈴──叮鈴、叮鈴──

隨著我愈走愈近，掛在攤位上的白色風鈴搖曳的發出清脆的聲音，那聲音異常地好聽，但我也說不出那聲音和一般的風鈴聲哪裡不一樣，反正，確實會讓人心情好起來。

攤位的黑色屋頂如燕尾般向上捲翹，整個攤位除了屋頂以外都用俗艷的紅色漆滿，左右兩邊的柱子則用白漆寫了幾個字：『換書商店、自由換書。』，平坦如桌面的攤子上擺了幾本書，旁邊同樣也是用白漆寫了一些規則。

換書規則如下：

一、請用一本書交換另一本書。

二、一旦交換便無法換回。

三、交換後發生任何事一概不負責，答案都在書本中。

如違反以上規則，後果自負。

「什麼跟什麼啊？我換了不滿意再換回來誰能管得了我？什麼後果？呿！」

我掃了一眼上頭的幾本書，平常我根本沒在看什麼小說。看來看去，只有一本小說的封面和其他的書都不一樣，特別新穎，是連去書店也沒看過的樣式。

「《花甲男孩》？好，就選你了。」我立刻把《雨季不會來》放在桌上後，便拿起《花甲男孩》，這本書連紙的觸感都不同，封面的材質很高級，很好，的確是符合我這樣的人該拿的書。

我翻開第一頁，在翻的瞬間，風鈴又發出了叮鈴叮鈴的聲音，可是明明就沒有起風，我沒去理會這點小事，只專注在第一頁那短短的一行字上。

如果給你一次交換的機會，你想要換的，是什麼？

「哼，換什麼？我想換掉這無聊透頂的人生！」我冷笑低喃，接著翻開下一頁，就是很普通的故事內容，而且還是用閩南語的方式寫，對台語不好的我來說，看得很吃力，我看不到一頁就覺得厭煩了。

回到溫泉旅館後，照著鏡子把自己從頭到尾看了一遍，什麼也沒改變，晚上吃飯的時候，那兩個女生還是一樣的嘴臉，什麼可以交換人生的狗屁傳說果然是騙小孩的。

隔天等到回到台北時，也已經是傍晚，這兩天在台東花了不少錢，我盤算著晚上再隨便找誰要點錢來花，但那兩個人都還沒回家，這很正常，平常假日他們若是在家一定會吵架，所以久了沒有事情要談的話，都在外面待到很晚，巴不得永遠不要看到彼此。

我只好去書房打開抽屜找錢，卻發現前兩天這邊還塞滿一堆錢的抽屜，竟然空到連一毛錢也沒有。

「搞屁啊，嘖。」

我隨手把那本小說丟在一邊，倒頭就呼呼大睡了，還以為至少能作個什麼交換人生的夢，但我就這樣睡到被人叫起來。

「快醒醒！馬上醒來！」我媽臭著一張臉的叫醒我，「去梳洗一下，要走了。」

「去哪？」

「叫你去梳洗就去用！」她發出了歇斯底里的聲音，那通常是她跟爸吵架時才會有的聲音。

我不再發問，梳洗完畢，她已經幫我隨便裝了一袋行李，臨走前我順手拿了那本小說，打算在不知道要去哪的路上看。

她拖著一大箱的行李箱，沉默地坐上計程車，我覺得很煩躁，也有點不安，而且她剛剛也沒跟司機說要去哪，沒多久車子就開上了公路，南下而行。

我原本要看小說，最後還是看了幾行又睡著了，直到她再次叫醒我，眼前卻出現一片田地！放眼望去，完全看不到半棟高樓。我們在一間破舊平房前下車，她領著我走進屋，臉上露出對這個地方的嫌惡。

「來啦?唷，這就是我的乖孫啊！來來來讓阿嬤看看！」一名身上散發著老人味、頭髮半白的歐巴桑就這樣朝我走過來，我討厭她身上的味道！也討厭她邊講話邊往我臉上噴口水的感覺，很噁心，而且我完全不知道她是誰。

「叫阿嬤，叫人啊！」媽冷聲說道。她叫我叫人，自己卻連一聲「媽。」也沒喊出口。

「阿嬤……」

「乖！快進來、快進來啊，你們都站在外頭幹什麼?」

「他就交給妳了，我還要去趕飛機。」

「喔、這樣啊……什麼時候回來?」

「有空就會回來。」媽連看都沒看我一眼、連解釋都不想解釋，好像我是一個大型垃圾，她只想快點把我丟掉，最好可以不用再看見我，她就是用這樣的速度跳上計程車的。

那也是我最後一次看到她，這個叫「媽媽」的女人，對我的記憶來說像銀行一樣的女人，把我丟在這毫無品味可言的地方、和一個噁心的老太婆身邊，就這樣爽快地去展開嶄新的人生了！

「孫欸，你別傷心啦，你爸媽雖然不在一起了，可是他們都還是愛你的，你就暫時跟阿嬤住，你媽媽有工作要去國外，很快就回來了，好不好啊？」

「所以我的監護權是給媽了？」

「……別說這個了，進來吃飯吧！」她熱情地幫我拿著行李，背對著我說道：「啊學校啊，已經幫你辦了轉學，明天你可以先去新學校看看。」

正當我想暴怒、想怒吼出這是什麼鬼狀況的時候——手上的小說提醒了我一件事：我交換了人生。

「靠！」

我實在難以接受這種改變，腦海也馬上想起那兩個女生說，如果換爛了怎麼辦？不能換回來？狗屁不能換回來，我明天就搭車去台東，就不信真有這麼邪門！

「來、多吃點。」阿嬤猛往我的碗裡夾菜，那些菜色看起來一點也不好吃，盤子幾乎每個都有缺角，就連竹筷子也用到發黑——這裡的一切都讓我想吐，渾身不自在得一秒也待不下去！

無奈肚子餓得厲害，我只好把這些菜吞下肚，菜很油也很鹹，可湯卻淡得一點味道也沒有，我不懂這種飯怎麼能當成食物，可阿嬤見我猛吃，卻笑得很開心。

我只是肚子餓了，不然誰想吃。

吃飽飯後，我就去客廳的老舊竹椅上躺著，旁觀阿嬤一個人收拾飯桌。我不禁想著，她真的是我阿嬤嗎？為什麼我活了二十年都沒看過？

拉開行李袋，發現裡面除了放一些我的日常衣服之外，我那些高級的皮鞋配件那些，媽都沒幫我收進來，當然也沒有半點現金。她是故意的吧？一定是故意的，她怕我又自己跑回家，會帶給誰困擾嗎？

嘖，沒錢是要怎麼搭火車去台東？而且從這裡搭去台東至少也得搭十幾個小時，那樣的話就還需要住宿費。

我愈來愈煩躁，愈來愈坐不住。

「阿嬤，我要錢。」我走到廚房，對著正在洗碗的阿嬤伸手。

「錢？你要幹嘛呢？」

「我昨天跟朋友去知本，有東西丟在那裡的旅館了，我要去找回來。」

「知本?!知本啊……」她的手上還充滿著泡泡，一臉猶豫。「你現在就要去嗎？」

「對，那東西很重要！」

她嘆口氣，擦了擦手，慢慢走到那連門都沒有、只用著一塊布簾遮著的房間，拿出一張皺不啦嘰的千元鈔票。

「你到那的時後，打這個電話給張奶奶，她和我是好朋友，晚上你可以先住她家。」

「沒有多的錢可以住旅館了嗎？」

她搖搖頭，一臉愧疚。

算了，反正等我去把我的人生換回來之後，也不需要去住什麼別人家了。為了能去車站，她只好去拜託隔壁老頭的兒子，讓他騎著一台破車載我去，一路上我也不屑和他說話，反正我們根本不會再見了。

「喂畜生，你要是拿著奶奶的錢跑掉的話，別被我遇到，不然我一定揍死你。」我下車後，他這麼說完，轉頭騎走。

「別被我遇到的人是你吧，一群鄉巴佬。」我什麼東西也沒帶，就拿著一本小說搭上火車。

等抵達時，已是深夜。大半夜出了車站，根本找不到人載我上山，打電話給那個什麼張奶奶的也沒人接，最後只好在車站外忍著寒冷抖了一夜，我敢說我的人生從來沒這麼狼狽又難堪過。

我要的是不要這麼無聊透頂的人生，可不是這種窮到連過夜的地方都沒有的人生！

隔日，天一亮我就往山上走，半路遇到其他上山的車子把我順道載了上去，車上的人還給了我一點麵包和水，我第一次覺得，這麼普通的東西，也能這麼好吃，可同時，又為這麼想的自己感到可恥。

好不容易，我才回到了換書商店前，這次風鈴沒有響，上頭半本書都沒有，我把《花甲男孩》放回去，忽地，原本豔陽高照的天空突然打起陣陣響雷！

我嚇了一跳，立刻反射動作地把書拿回來，響雷這才停止，我害怕得直發抖，看著上頭後果自負的警語，我無力跌坐在地。

難道，真的不能換回來了嗎？

「我不要啊，這不是我要的啊……」

2

救護車的聲音穿梭在巷弄間特別刺耳，只聽得到聲音，卻沒看到救護車的影子。但現在不是關心別人的悲劇的時候。從剛剛崩潰後也不知道在這坐多久了，那種無論我再怎麼想逃避，最後還是得面對現實的感覺，讓我很憤怒，可是這股憤怒我卻找不到半點出口發洩。

我找到一處公共電話，投了一塊錢後再次打給那個張奶奶，無論如何，我現在都得找個地方休息跟吃頓飯才行，電話響了很久，依然沒人接，正當我要掛掉時，忽然接通了。

「喂？是張奶奶嗎？」

「你是誰？」一個男人的聲音問著，「你是老奶奶的家人嗎？她現在摔得很嚴重要送醫院了，你能過來嗎？」

「什、什麼?!」一塊錢的通話很短暫，一下子就切斷了，我則是愣在那裡，意識到原來救護車就是來載張奶奶的。

「我操，是有沒有這麼倒楣啊！」我用力掛上電話，完全不知道該怎麼辦。

四周有不少出來看熱鬧的鄰居聚集在一起，七嘴八舌地討論著救護車的事。

「是我幫忙叫的救護車，張媽摔得可重了，頭都是血嚇死我了！」

「怎麼會摔得那麼重啊？」

「唉，不就早前突然打了好幾聲的響雷嗎？張媽應該是正好站在椅子上，在拿櫃子裡的棉被，就這麼給嚇得站不穩摔了，那摔得可不輕啊！聲音大到我在隔壁都聽到了，馬上衝去她家一看，唉呀！滿身是血的真恐怖！」

「真是太慘了，怎麼這麼不巧呢？那陣雷也把我孫子嚇哭了。」

「是啊，以前偶爾也有過這種雷，已經好久沒這樣了……」

「張媽年紀這麼大了，這一摔，恐怕出不了院了。」

「別說了、別說了！唉！」

那個雷，原來是真的！不是我幻聽！只不過也太不巧了，怎麼偏偏被嚇到摔倒的是張奶奶呢？

我忿忿地踢了路邊的空罐洩憤，去附近的雜貨店買麵包果腹，不情願地走下山。

這一走，走了三個多小時，不如上山時，還有人願意載我，我走到雙腳都痠得要命，腳拇指也磨出了水泡。

「都是這本爛書害的！」我氣得想把書撕爛，最後卻還是沒能這麼做。我可沒忘了規則裡說過，答案都在書裡這件事，也許還是可以換回來。

終於搭上回程的火車，身上只剩幾個銅板，我一坐上車就開始呼呼大睡，等我都睡醒了還沒到站，忍耐著肚子的飢餓，再次回到阿嬤家的車站時，又已經是深夜。

我照著上頭她抄的家中電話打回去，沒想到才兩、三聲她就接了！

「是乖孫嗎？你到站了是吧？那我拜託阿嘉去接你啊，你等著。」

「喔。」

阿嘉？就是載我來的那個吧？明明是個鄉巴佬，卻不知道在囂張什麼的人。

我等了半個小時他才到，我不是很高興，臭著一張臉坐上車，並不打算聊天，他看起來就像睡到一半突然被叫醒似的，現在才幾點，他這麼早就睡了？果然鄉下人就是沒什麼休閒娛樂。

「你真的去拿你的東西了嗎？東西呢？」

「要你管。」

「信不信我現在隨時可以把你甩進田裡？」

「……」我沒有再回話，這裡的產業道路到了深夜半個路燈都沒有，全靠摩托車那盞不怎麼亮的頭燈支撐，而且我已經累了兩天，可不想一個人被丟在這種路上。

我不回話，他也不再找我麻煩，把我送回去後，跟阿嬤打了聲招呼就走了。

「孫欸，吃飯了沒有？」

「還沒。」

「阿嬤把菜都熱好了，快進來吃。」

「喔。」

明明上次吃的時候，這些菜又鹹又油又難吃，但在此刻，簡直跟人間美味一樣，比白天吃的麵包還好吃，我拚命添了三碗飯才滿足。

阿嬤一直笑嘻嘻地看著我，好像我吃越多她越開心。「我先去洗澡睡覺了。」

「好、好！你的房間在最後那間，阿嬤已經幫你曬好棉被了。」

這裡的浴室很簡陋，連個熱水的水龍頭都沒有，唯一的水龍頭只會跑出冷水，旁邊放了一盆熱水，還微微地在冒著白煙。在這樣的冬天裡，溫度直接洗澡剛剛好。

嗯？難道這裡洗澡是要用燒水的方式？天啊！也太落後了吧！這樣不是要一桶桶燒好倒進來？嘖！還好今天已經先幫我弄好了，不然我都已經這麼累了，還要燒水不就更累。

「孫欸，熱水夠不夠啊？」

「夠。」

「真的吼！不夠阿嬤再燒一點。」

「夠啦。」

迅速洗了戰鬥澡，我立刻衝進被窩裡躺著，快要睡著之際，我對於棉被有被太陽曬過的味道感到很新鮮，連枕頭也都是那種溫暖的味道。以前在家，被套都是拿去送洗，不只被套連日常衣物也是，鐵路飯店附近的那家洗衣店，會固定來我家收送衣服。這種味道，我根本沒有聞過。

我沉沉地睡去，感覺自己一定睡了很久，久到一覺起來，我以為我在台北的家，但很快發現並不是。

我又嘆氣了，瞪著桌上那本小說，想著今天一定要好好翻閱，看看裡頭到底有什麼祕密。

才早上八點多，廚房的桌上用罩子罩著清粥小菜，我吃了兩碗粥後，阿嬤才從外頭回來，頭上戴著一頂斗笠，雙手沾滿了泥土，不知道剛剛去幹嘛了。

「孫欸，阿嬤怕你忘記吃早餐，真乖，有吃就好。」

「嗯，都吃了。」

「啊你去知本有沒有去找張奶奶？她過得好嗎？我打了兩天電話，她家都沒人接。」

我很懶得解釋，尤其張奶奶還摔倒住院了，為了節省麻煩，我乾脆說了謊。

「她很好啊，應該是剛好都不在家吧。」

「這樣喔，好啦。」說著，她轉身又要出門。

我實在忍不住好奇了，「妳要去哪裡啊？」

「我去林家的菜園幫忙整理啦，以前都是幫忙澆水就好，從今天開始全部都讓我去做了。」

我沒有再問為什麼，因為我好像猜得出原因，是因為我吧，多了我這個念大學的孫子。大學的學費相當貴，根本不是誰都付得起，也不曉得我轉來這裡的學校是哪間，更不知道爸媽他們到底負責我多少生活費。

「我的學校在哪啊？我什麼時後可以去上課？」

「你明天就可以去啦，中午阿嘉會帶你去看學校，他在你學校旁邊的工廠打工，中午休息會來載你，你們兩個年紀差不多，應該能處得很好吧。」

一點也不好。

「那阿嬤先回菜園了。」她駝著身子慢慢走出去。她今年幾歲了？又為什麼要為我這種來路不明的孫子做這些？

我回到房間躺著，早餐吃得太急太快，讓我看幾頁小說就睡著了，直到外頭有人不停敲門大喊，才把我吵醒。

我睡眼惺忪地開了大門，阿嘉依舊用那張臭臉瞪著我。

「你居然大白天待在家睡覺？」

「那又怎樣？」

「哼。」他冷笑，眼神充滿著不屑，「你還要不要去你的大學？」

「去啊。」我有大學念，你沒有，很嫉妒我吧。大學可不是那麼好唸的，除了要有錢也要考得上，當然我是例外啦，當初我去考聯考也只是做做樣子而已。台灣現有的大學數量都不多，我還滿驚訝這種鄉下地方居然也有學校。

「我只載你一次，你最好把路記好，否則回不去也不關我的事。」

自己走就自己走，我昨天都爬過山了，走路還難得倒我嗎？

輾轉騎了十幾分鐘，只見我轉來的是一間小到不行，人數也很少的大學，而且名字聽都沒聽過，也不曉得這裡畢業的學歷有沒有辦法被承認。

老師拿給我一個要購買的書單和要補的學費單後，說準備好這些就能正式入學了。

學費單上的數字，頂多是我在百貨公司亂買一天的錢，那應該也還好，阿嬤付得起吧。

走出學校，腦海重新演練了一下，確定路都還記得後，我就悠哉地慢慢走回去，也順便看看我住的地方周遭還有什麼。可惜的是，這附近除了這間大學看起來高級一點，就沒有其他高級建築物了，真是個令人沒勁的地方，我什麼時候才能回去呢？

走回去的路上，經過一大片菜園，遠遠看見阿嬤獨自蹲在田裡拔草，這麼一大片園地，她居然要一個人打理？真厲害啊。

我順道走進去找她，還沒叫她，就被地上突然出現的馬陸蟲給嚇了一跳！

「噁！」我全身起雞皮疙瘩，發現這菜園的道路上有很多這種馬陸蟲，真噁心。

「孫欸，你怎麼來了？」阿嬤看見我依然很開心，她好像沒有不開心的時候。

我們一起走到旁邊的樹蔭下，坐在小椅子上休息喝水，「這是學費單，還有要買的書。」

「阿嬤看不懂字，你算一算給阿嬤聽。」

「嗯……大概要一萬八千多，是這個學期的份。」

「一、一萬八千多！這、這樣喔……」她的臉色一下子就刷白，默默把單子收到口袋，不發一語地回田裡繼續工作。

我其實很想直接回去，但因為現在天氣好，我也閒得發慌，雖然有蟲子很噁心，但還可以忍耐。

「我來幫忙吧。」即使我這麼說了，她也持續恍神，心不在焉地隨便教我。

難道是學費太貴嗎？不會吧？這比起我原本的學校已經少了好幾倍了，我猜會這麼便宜，是因為這學校看起來像是基督學校的關係，剛剛去的時候，到處都看得到十字架。

這樣還繳不出來嗎？不可能吧，就算我爸沒給錢，我媽也半點錢都沒留嗎？

我不知道該不該問這種問題，我總覺得這種問題要是問出口，好像我自己也要負責一樣，我還是繼續裝傻過一天算一天，搞不好到了明天，人生就恢復正常了呢。

我幫忙拔了一下午的草，我以為阿嬤會一直跟我聊天，但她一直恍神到下午收工都沒說話。快到家時，她轉頭對我說，「孫欸，你先回去，阿嬤想到還有菜沒買。」

「喔。」

她揮手催促著我快走，我走了幾步悄悄回頭，決定偷偷跟著她，看她要去哪裡。在這種一望無際的田間跟蹤，實在很容易被發現，但因為她一直在恍神，所以才沒感覺到有人跟蹤。

她走到剛剛的菜園處，最後走到菜園旁那間有三層樓高的屋子，在這種鄉下有這種房子，屋主一定很有錢吧。

阿嬤沒有進入前院，按完門鈴待在門口等，我躲在旁邊的汽車後面，隔著汽車玻璃監看著。此時一個和我媽年紀差不多的女人出來，她雖然沒化妝，但強勢的眼神和我媽很像。

「麥婆婆，今天的工時已經結束了，怎麼了嗎？」

「李太啊，我、我……我想跟妳借個錢。」阿嬤說出這話後，頭低得都不敢看對方的臉。

「麥婆婆，我很感謝妳之前救了我家兒子，如果不是妳把他從水溝中拉出來，他也許就沒命了，我真的非常感謝妳，我們家這幾年也都給妳很不錯的工資了，老實說那塊田就算荒廢著對我們家也沒差，會讓妳去種些東西，也是為了讓妳有個工作，這些妳應該都清楚吧？」

「我……明白、明白。」

「妳要借多少？」女人嘆口氣的說。

「一萬八……」

女人立刻瞪大了眼睛，「麥婆婆，這錢妳要不吃不喝三個月才還得起！妳該不會以為我們是做慈善的吧？」

「對、對不起，我就是想來問問，不方便也沒關係的。」

「我希望妳最好別再來找我們開口，做人要知足，別給了妳一點顏色就開染房了！」女人說完就用力關上大門，阿嬤愣在原地好一會兒，才抬起沈重的步伐離開。

明明已經被人這樣羞辱了，她卻接連去拜訪了附近所有的住戶，但都沒半個人借她，而且那些拒絕她的人，似乎全都曾受過她的幫助，每個人都非常為難，說著不能因為她有恩於別人，就突然開口借這麼大筆錢。

這筆錢，真的有這麼多嗎？不對，應該說我爸媽他們居然沒留錢給我？

天都黑了，阿嬤借不到錢，最後去已經收攤的小市場，四處撿著地上那些碎菜，我終於明白為什麼菜都要炒得又油又鹹了，這樣才能蓋掉那菜壞掉的味道吧？一想到我吃了兩餐都是那種東西，我突然反胃起來，幹嘛不從田裡拔一些回家就好了呢。

趁著天黑，我返回田裡，忍著怕會摸到蟲的緊張感，偷偷拔一把菜回去，等阿嬤回來時，看見廚房擺著完好無缺的菜，一定會非常驚訝。

「孫欸，這菜哪裡來的？」

「嗯？就……今天種田的那裡拔的啊！反正那裡那麼多，帶一把回來不要緊吧？」

她不發一語，我以為她會大發雷霆罵我，但她一句話也沒說，轉身忙著準備晚餐。等菜端上桌，卻沒看見我拔的那種菜。

我不甘願地吃著地上撿來的菜，心裡想著，明天我一定要打電話給我爸，看看為什麼沒有錢，我可不能一輩子都吃這種地上撿來的東西。

「吃飽了嗎？」阿嬤等我吃完了，才悠悠地開口。

「嗯。」

「那我們走吧。」

「要去哪？」

「去跟人家道歉，把菜還給人家。」

「為什麼啊！反正他們根本不可能知道少了一把菜！」

她走到旁邊到了杯茶坐下，喝了幾口才說：「以前我有個朋友，他家很窮，窮到一天只能吃一餐，有天他受不了了，去偷摘了別人的香蕉，當場被抓個正著，不但被人毒打了一頓，還讓全村的人都知道他是小偷。從此不管過了多少年，只要村子裡的人看到他，都用一種看小偷的眼神，連他要工作，都不敢讓他做會碰到錢的工作。即使後來他搬去了沒人認識他的城市，只要工作會摸到錢，他都會很害怕，別人會不會以為他要偷，結果因為他的舉止太奇怪了，再度又被新的人認為他也許是個小偷，又開始防著他。他這輩子都脫離不了『小偷』兩字了，就算他當初偷的只是香蕉，也一樣。」

我都幾歲的人了，她居然還把我當成小孩，以為說這種狗屁故事我就會頓悟，真是太可笑了。我假裝聽懂了，為了想早點上床休息，只好乖乖去跟那強勢的女人道歉，她雖然很不爽我的舉動，但卻沒有得理不饒人，只說再有下次就要賠錢。

回去的路上我們都沒有說話，阿嬤那張隨時都很和藹的臉上，彷彿看不到其他情緒。

「那個張奶奶住那麼遠，妳怎麼會認識啊？」我決定講點別的話，畢竟我還不知道要和她一起住多久。

「張奶奶啊，她是可是我的救命恩人喔。」一提起張奶奶的事，她又變得願意聊天了。

「我爸在我很小的時候就死了，到了我十五歲，我媽也得了急性肺炎過世，一下子無依無靠，差一點就被日本人抓去當軍妓，那個時候真的很恐怖啊！當軍人要來抓我的時，張奶奶突然衝出來，喊著我『小妹！妳怎麼在這裡？我媽一直在找妳！』她說我是她表妹，說得臉不紅、氣不喘，還自然地挽著我，乖巧地反問軍人們有什麼事，軍人看她年紀小又一本正經，質問她一些基本問題，終於信了她。」

阿嬤說，她被張奶奶帶走後，直接先帶回了她家，才發現，她的媽媽臥榻在床病著，家裡也沒有其他親人，一窮二白的沒比她好過到哪裡去，全都靠她到處去幫人做苦工賺錢，才勉強活下去，只是沒有多餘的錢幫母親看病，只能讓母親那樣痛苦地等死。

『謝謝妳幫了我，我一定會報答妳的，我先……』

『妳也沒地方去了吧？妳家的房子一定會被收回的，妳現在回去，搞不好還會遇上那些日本人，只要他們查到妳真的是孤兒就慘了。』

『我……』

『跟我一起做工吧！至少我們賺的還夠三個人活，我媽她……也剩沒多少日子了，不會要妳幫忙付什麼錢的。』

『妳為什麼要幫我？』

『人和人互相幫忙，這不是天經地義的事嗎？』

『天經地義？』

『就是本來應該的事，以前我媽有教我唸一點書，所以會說點成語，改天換我教妳吧。』

『我……真的能住下嗎？我們又不認識，妳不怕……』

『別說廢話了，快來幫忙燒柴要煮飯了，妳以後就管我叫小玉吧。』

『小玉姐，我叫阿嬌，今年十五。』

『才十五啊，我已經二十了，想不到我們差了五歲。』

阿嬷說，兩人就這樣一個燒柴、一個洗米煮飯，度過了三個多月的日子，明明不相識的兩人，莫名奇妙地一起生活倒也不寂寞了，一起做工、一起照顧母親，別人不問，她們就像真的姐妹一樣。

三個多月後，張奶奶的母親過世，突然有個男人出現，他是張奶奶的舅公，準備接張奶奶走。臨走前，張奶奶還把自己的全部積蓄都留給阿嬤，要她想辦法活下來，千萬別被抓了。

其實張奶奶很希望舅公連她一起帶走，可在那混亂的時代，多一張嘴吃飯都是種壓力，舅公願意來收養張奶奶已經不容易了。

阿嬤說，她真的很感謝她，如果沒有她給她那筆錢，讓她能邊逃邊打工地活下來，也不會有現在這些歲月。

日本人投降後，她回到她們生活過的那間屋子，重新租了下來生活，那個時候的阿嬤，已經有很好的自力更生的能力，兩、三年後，張奶奶竟然找回了那裡，她留下了現居住址，可惜阿嬤看不懂字，她們無法通信，有了電話後，張奶奶也寄了電話號碼過來，這些年來她們始終保持著聯絡，每隔一、兩年還會見上一面。

而那間屋子，就是我們現在住的這間舊平房，她這一生都沒離開過這個地方。

當年的滴水恩情，阿嬤說她始終沒忘，受到張奶奶的影響，阿嬤這一生都沒存錢，只要誰有困難，她總是第一個去幫助別人，只要聽見誰需要幫忙，她永遠都會以別人為優先。秉持著這個信念活到現在，她說她很快樂，從來都不覺得日子苦。

一段往事說到這裡已是深夜，她疲憊地回房倒頭就睡，我則站在床邊看著她，腦海只想著一件事：可是那個張奶奶現在……

3

我哭著醒來。

我完全不能明白為什麼一睜開眼我還在哭，哭得滿臉眼淚，我從來沒哭過，小時候還是個孩子不算的話，富裕的生活根本沒讓我想哭過，可我現在，卻因為一個夢而哭著醒來。

我把眼淚鼻涕擦掉，試著抓住一點腦海中還記得的一點夢境，然而夢就如一團白煙，愈是想伸手去抓，它們就散得愈快。

手邊摸到一本書，拿起來一看竟然是那本《花甲男孩》。我昨天晚上明明沒有拿起來看啊。我翻了幾頁，看到了其中的『大內無高手』幾個字，腦海中的夢境彷彿又浮上來一些。

那是一個，有我、有阿嬤還有一個姐姐的夢，夢裡的我們，祖孫三人曾經快樂過，卻也經歷了悲傷，然後……然後呢？我沒有姊姊，為什麼會覺得那夢境真實得好像回憶一樣？

這本書全部都是用閩南語撰寫，不管怎麼看都很辛苦，我很煩躁，用力地敲敲頭，看能不能把悲傷的心情給驅散。

「大內無高手……等等，難道，我做的夢是小說的內容？」我翻開小說的目錄數了一數總共有九篇文章，而我昨晚的夢，可能就是第一篇的內容，見鬼的是，我根本連看都還沒看完。

答案就在書中。

那句規則難道是在暗示，每晚可以身歷其境地進去小說的世界？這有什麼好答案的！都只是夢而已啊，跟我這一被改變就天差地遠的人生，一點關係都沒有！

我跳下床，走到外頭的電話前，努力想了很久，才把爸爸公司的電話想起來，一撥通後，我高興地喊了聲爸，我想我這輩子從沒這麼開心能聯絡到他。

「你……怎麼打來了？」

「我要繳學費了，要一萬八。」

「你跟你媽要去，那部分的錢不歸我管。」他的語氣很不耐煩。

「那什麼錢才歸你管？」

「我每個月該給的贍養費會給你媽，你的養育費也都在裡面了，所以你要找的人不該是我，先這樣吧。」冷漠地說完，電話就變成被掛斷的答答聲，很刺耳。

我打到媽媽的律師事務所，才知道她已經辭職了。

「那她辭職去哪了？」

「你怎麼會問我呢？她是你媽媽不是嗎？不過我聽說她跟男友一起搬去美國了喔。」

「什麼？」

「現在是上班時間，請你不要占線了，再見。」

也就是說，這兩個人自己談妥了離婚條件，就這樣直接把我丟下，什麼也不再管了？我算什麼？我就像他們製造出來的一個紀念品，相愛時很美好，分開時就是塊多餘的垃圾！

「孫欸，今天不是要去學校嗎？還記得學校的路嗎？」

「不去了。」

「為什麼不去？」

「沒錢上什麼學啊？那種大學不去也罷！」

「錢的事，你不用擔心，阿嬤有辦法的。」

「什麼辦法？就算妳到處去借，也沒人借妳啊！湊齊了這期的，下一期、下下期呢？妳不用再騙我了啦，我就是被那兩個人給丟來這裡的，他們自己去逍遙就把我丟掉！然後妳又很愛幫助人，所以才不會拒絕吧！」

啪！

我沒想到阿嬤那雙看起來沒什麼力氣的手，這一巴掌打下來竟然是這麼痛！這輩子我還沒被人打過，連學校老師也不敢打我，我忿恨地瞪著她，握緊了拳頭。

「這個世界上沒有一個人是會被丟掉的，我都年紀一把了，能有你這麼大的孫子來作伴很開心，你可以沒用、沒禮貌，但絕對不能不孝，你的父母也很辛苦把你養到這麼大，沒有他們，就不會有你，你絕對不可以再說這種話！」

不知道為什麼，我再也無法對這個身上老有老人味、講話又會噴一堆很臭的口水的阿嬤生氣了。為什麼她從來沒想過她自己呢？她總是先想著別人，我不懂，別人又不會感謝她，她這麼做到底有什麼意義？

「我還是不想念大學了，跟錢的事沒有關係，念大學不是我想要做的。」

「好，那阿嬤去田裡工作了。」

我目送阿嬤離開，洩氣地坐在地上，臉上還熱辣辣地在痛，但也讓我知道，她並不會永遠縱容我。

*

我一個人在屋子裡坐了一個早上，什麼也不想動，連小說都不想翻。

我想不明白爸為什麼要丟下我，我明明是唯一的兒子，少了我，誰能繼承他的事業？正因為我的存在這麼重要，過去他才任由我想做什麼就做什麼不是嗎？我忽然很懷念，不久前我還能隨手拿出一疊錢的感覺，而不是像現在這樣，口袋空得什麼也沒有，連搭車去台北找爸爸的錢也沒有。

不，就算去找他，他也不會給我錢了。

那媽呢？我知道她不喜歡我，被迫接了我的撫養權她居然把我丟著就走？還有她什麼時候有男朋友了？這些問題，我都不知道，應該說過去的我，也不需要知道這些，反正，他們在我的記憶裡，從沒當過一對象愛的夫妻，我也從沒想主動和他們有什麼交流。

我只是，茫然了。這個人生變化得太快，就像一場惡夢降臨，而且是一場醒不來的惡夢。

「你這畜生又讓阿嬤一個人去田裡工作了？」阿嘉突然站在門口，一臉隨時都想衝過來揍我的臉，我才發現他竟然有家裡的鑰匙，雖然我很想問他為什麼有，但他囂張的氣焰太盛，我怕打不過他。

「關你屁事。」

「媽的，你知不知道麥婆到處跟人家借錢，就為了幫你籌學費啊！」

「我知道啊，所以我不唸了。」

「什麼？」

「借錢付得了這一期，那下學期還有下下學期呢？」我走到旁邊倒了杯水。

阿嘉原本盛氣凌人的臉稍稍緩和，「那你打算做什麼？」

「我不知道。」

「哼！果然只出一張嘴。」

我覺得他很煩，我要幹嘛到底關他屁事，但轉念一想，我現在需要一個車伕，也需要一個可以給我情報的人，即使我有多麼地瞧不起他。

我常聽爸和他的秘書這樣說：「該利用的人就要好好利用，在生意的世界，從來沒有永遠的敵人。」

「喂，你做什麼工作？」

「你這種大少爺做不來的。」

「嘖。」要做到對敵人心平氣和地說話，真不容易。像他這種喪家犬，以前可是連跟我說話都不配的。我重新調整語氣，「可以請你告訴我嗎？」

阿嘉挑眉，「我在鐵工廠當焊接學徒。」

「很多錢嗎？」

「一天三百工資。」

「這麼少?!」這點錢連我吃一頓餐廳都不夠！

「你以為你想做就能做啊？頭一個月的試用期只有兩百，基本考試過不了，你也沒辦法做下去。」

「對了，你為什麼有我家的鑰匙？」我抬起下巴詢問。

「因為麥婆的身邊根本沒有親人，我若不幫忙照看，哪天她一個人在家怎麼了，也沒人知道。」

「她怎麼會沒有親人？那我算什麼？」

「你只是個假親人。」

「什麼假親人，我是他孫子！」

「一個見都沒見過，突然冒出來的孫子。」他不屑地說完就走。

「等等！」

他連頭都不回，只停下了腳步，我猜他是故意的，因為我以前也常這樣對那些有求於我、想利用我的人，我的態度都擺得很高、很不屑，為的就是希望那些人的姿態能更低。
「你……能不能介紹我去那工作看看？」
「可以。」
我沒想到他答應的這麼爽快。
「但你的薪水有一半必須分給麥婆。」
已經那麼少了還要分一半？到底有沒有搞錯啊！
「而且現在已經是月中，月底前我再介紹你進去，這段時間你就去田裡幫麥婆的忙。」
「憑什麼？」
「憑你在這白吃白住，還讓一個老人家養你！我會有辦法知道你有沒有去田裡，你如果沒做到，我是不會介紹你來我們工廠的。」
他一走，我立刻氣得揍牆壁！
「囂張什麼啊！等我把書看完拿回人生，我一定要叫人好好修理你！」
剛剛我只是想說，看能不能打工生點錢，不要讓自己的口袋半毛都沒有，但我很後悔，與其對那種人低聲下氣，我應該要更努力看小說才對。
我立刻打開老舊的檯燈，一個字、一個字慢慢閱讀，花了一個小時，我才把第一篇的內容給看完，隨著整篇讀完，原本飄忽的夢境變得真實，我很確定，昨天晚上，我的夢就是小說內容。
「但我為什麼會哭啊？這種劇情根本沒什麼好哭的。」應該說，我對於裡面的祖孫情，一點感覺也沒有。

倒是裡頭提到很多名詞都是我沒見過的，什麼部落格的，我閩南語又不好，完全不懂那些部分在說什麼。

「孫欸，阿嬤回來囉！」

「喔！」

「你中午有沒有好好吃飯啊？嗯？啊饅頭怎麼都沒動？你都沒吃喔？」

我瞥了眼時鐘才下午一點多，「妳怎麼那早回來？」

「阿嘉說想運動，順便幫我鋤草，就讓我回來了，他啊，放假時經常來幫忙我，我對他很不好意思。」

「他為什麼對妳那麼好啊？」

「這啊，說來話長。」

「我時間很多啊，不怕長。」

阿嬤一臉為難，我以為她不想說。她慢慢走到窗戶邊，吃力地拉開窗戶，今天難得有很好的陽光，在這片荒郊野外住著，入冬的氣溫比在台北低上好幾度，又加上這裡沒有暖爐，難得有陽光照著，特別暖和。

「阿嘉的媽媽是個好人，從前會跟著我一起去買菜，晚餐也常常說多做了，幾乎每天都會添幾樣菜給我。有天，她去水塔那打水，也不知怎麼地，竟然跌倒了！這一倒還撞上了額頭，當時血流得很快，旁邊的人一見血也不敢靠近她。我抓著剛曬好的衣服，就直接幫她按壓止血！那個止血方式還是以前小玉姐教我的，如果不是有她教我，阿嘉就見不到他母親最後一面了。」

「不是摔倒撞到頭而已嗎？」那個張奶奶不也是這樣摔的？我這才想起了，我到現在還沒告訴阿嬤張奶奶的事。

「人啊各自有命，她怕是命數到了，那天就是該走。阿嘉後來才來謝謝我，說醫生告訴他，若不是有我幫忙止血，他媽媽可能撐不到他們父子趕去見最後一面。」

我其實想說，跟止血沒關係吧，撞個頭破血流而已，哪那麼容易死，應該是他媽媽有別的病在身上吧。但僅僅只因為這樣，就一直對阿嬤好到現在，果然鄉下人頭腦滿簡單的。

「你笑什麼？」

「沒有，剛好想到別的事情才笑的。」阿嬤表情依舊是摸不清底牌的和藹，不知道為什麼，每次被這樣盯著，總是會有罪惡感冒出來。

「今天早上的臉……還痛嗎？」她忽然的問。

「喔、不痛了。」

對，她不是一直都這麼和藹的，她今天早上就對我發脾氣，只因為我說出了一件事實——我就是被丟掉的，這樣講哪裡不對？難道我現在還要感謝那兩個人給我一段試煉人生的機會？

我忽然很想知道，她還會因為什麼對我生氣，「阿嬤。」

「嗯？」

「其實我騙了妳一件事，我沒有去住張奶奶家，連她的人也沒見到。」

阿嬤倒抽吸一口氣，她很想問點什麼，但又充滿畏懼，她應該是怕聽到死訊吧，這種年紀的老人會有這種猜測很正常。

「她受傷了，好像是被雷聲嚇到摔倒，摔個頭破血流，但很幸運的是，她沒有被拖太久時間就被發現了……」我本來說得很開心，卻看見阿嬤眼神空洞地看著前方，眼淚就這樣無聲掉落，充滿皺紋的雙手還不停發著抖，此刻就連她想裝沒事關窗的力氣都沒有了。

「她現在的狀況怎麼樣？」

「我不知道，聽說流了很多血，但很快就被送到醫院去了。」

「好、好……」她再也沒心情聽我講些，踏著搖晃的步伐往房間衝。

她從床底下拉出一個很大的木箱子，木箱的鎖頭都已生鏽，她抖著手把鎖打開後從滿滿的雜物裡找出一個破爛的鐵盒，鐵盒裡竟然裝著一疊白花花的鈔票！她騙了我！她明明說沒錢了，有這些錢我那個晚上就不用那麼狼狽的睡在車站，不，搞不好那些錢也夠我繳學費！

嘖，還在我面前裝窮，看不出來她竟然這麼有心機。

「阿嬤，原來妳明明就有錢。」

她完全沒理我，她看起來很不對勁，從我告訴她張奶奶的事情後，她的眼神空洞就算了，還變得彷彿看不見我。

「阿嬤！」我大聲地喊了她一下，她這才回過神。

「阿嬤得去一趟知本，你這幾天就先……」
「我跟妳去。」
「喔、好、好……」她點點頭，並且讓我去打電話叫一台計程車，由於這裡相當偏遠，光等個車就等了快一個小時，還得加錢。一路上趕去車站，直到上了火車她都沒說話，我開始有點愧疚。
「阿嬤……要買火車便當嗎？」
「你吃就好，這五十塊你拿去買。」
依照平常，我應該要真的只買自己的，並且把找的錢歸我自己用，可是這次我卻買了兩個，一輩子沒愧疚過的我，第一次覺得愧疚的心情很難受，讓一個老人受打擊到那個樣子，很不好受，我一開始只是想看看她會有什麼反應而已，所以才故意說得很草率。
「阿嬤，張奶奶不會想看到妳沒精神的，妳們不是很久沒見面了嗎？」
聽我這麼說，她才慢慢打開便當，一臉食之無味的表情。
我應該要道歉，但那句道歉怎樣也說不出來，說到底我還是不覺得自己哪裡做錯，今天我若根本沒去知本，也更不會知道張奶奶摔跤的事，反過來說，阿嬤應該要感謝我有去，才會知道……不對，如果我沒去，張奶奶也不會摔倒了吧。
反正，我沒做錯什麼，她又不是我推倒的。
這趟火車得開很久，我吃飽後繼續看小說，第二篇的《逼逼》是篇無聊的開頭，而且感覺好像整本都在寫一堆人的阿公阿嬤，隨著火車的晃動，配上難懂的文字，瞌睡蟲輕易地又找上了我。

我睡著了，這陣子老是搭火車，老是在火車上睡覺，果然一回生二回熟，我不再像第一次跟那兩個女生搭時睡得那麼不舒服了。想想，那天的記憶好像已經離我很遠，那天，我要是沒好奇她們聊天的內容，可能我現在根本不會在這，也不需要帶著這種內疚的心情，陪著一個悲傷的老人。

＊

「嚇！」

我倏地的睜開眼睛，火車還在晃動，切啦切啦的聲音沒有停過，外頭早就黑成一片，阿嬤睡著的呼吸聲，穩定地吐息著。

我的臉上這次沒有眼淚，但內心卻很痛苦，彷彿有人在上頭開了一個洞，不管我怎麼用力呼吸，都無法填滿。

我又作夢了，而且我很確定又是書中的故事夢。

這一次，我在裡面透過攝影機採訪阿嬤，不是睡在我旁邊的阿嬤，是一個我沒看過的阿嬤，然後……我只記得她最後說了句：遺憾。

所以，現在這種空洞感是遺憾？

我翻開小說，這次閱讀的速度比第一篇的時候快了，我想我已經漸漸習慣跳過那些看不懂的名詞，直接聯想夢境拼湊故事的樣貌。當我差不多看完，火車也慢慢靠站，我看著玻璃窗反射出自己的臉，嚇了一跳。

那張臉，還是那個原來的我嗎？我怎麼覺得，自己連長相都快不一樣了？

「到了喔。」阿嬤準時睜開眼睛，好像在這之前，她沒真正睡著一樣。

「嗯，可是這麼晚了，不知道有沒有車可以載我們上山。」

這一站，整條列車幾乎只剩我們倆，下車後低冷的氣溫，讓阿嬤輕輕咳起嗽來，我有點擔心，最後脫下我的棉絮外套披在她身上。

「孫欸，這樣你會冷啦。」

「不會啦。」

「怎麼搭個火車，你好像變得怪怪的？」

我變得怪怪的？是臉？還是？

「你們要上山嗎？」一個也剛下車的男人問著。

「對，我們要去溫泉街。」

「坐我的車上去吧，我也是要回那裡。」

「謝謝、謝謝啊！」阿嬤趕忙不停彎腰道謝，我覺得很神奇，上次我一個人可憐地坐在這一整晚，也都沒人來問過我。

明明在火車上，阿嬤她因為過度擔憂一句話也說不出來，怎知上車後，她打開了話匣子，跟男人天南地北地聊，聊的都是很無聊的小事，阿嬤原本就是那麼健談的人嗎？

我才發現，我對她什麼也不了解，在家也從沒想過要和她聊天。

對，我總是在拒絕著周遭的一切。

如果我和爸有過交流，也許他對我就會多關心一點，如果我對媽多一點問候，她也就不會老是看我這個兒子愈看愈討厭……

我甩了甩頭，總算意識到不對勁，我這是怎麼了，怎麼一覺睡起來居然開始自我反省？我發著抖、鼻子也慢慢流出鼻水，我到底是哪根筋不對會想把外套給阿嬤穿？

那本書，是不是偷偷對我動了什麼手腳？一定是的！

哼！現在正好，等明天我一定要再去一次書攤，我一定要打聽出有沒有人跟我一樣，去那裡換過書。既然有那種傳說，就代表一定有人換過。

「孫欸，我們今天晚上住阿萬家，快謝謝阿萬叔叔。」

「蛤？喔、謝謝……」男人從後照鏡中對我點頭表示收到，我則是張大嘴巴地看著阿嬤──在我剛剛想別的事情的時候，她到底是怎麼辦到的，居然讓一個陌生人輕易地讓我們免費留宿？

「麥婆，這沒什麼好謝的，如果不是妳剛剛點了一下我，我到現在還想不明白，我才要謝您呢。」

兩人聊得不亦樂乎，而我只能看著那個曾經被我瞧不起的阿嬤，輕而易舉地辦到了上次我辦不到的事。

4

※注意：本集內容因年代設定為八〇年代，提及『護士』的稱謂方式並無冒犯之意。

隔天，我根本整晚沒睡好，手臂很癢，不知道是被什麼噁心的蟲咬了，我心情很不好。阿嬤雖然早就起來了，但仍一臉鬱鬱寡歡，當阿萬來房門口問候，她又打起精神回應。

「我載你們去醫院吧，我們這兒只有一間醫院，麥婆的朋友肯定在那。」

阿萬的家離溫泉街還有一大段距離，正確來說是在半山腰上，他說醫院就在往上一點的地方，我抓了大概的距離，應該可以趁阿嬤去醫院的時候，偷偷再去一次書攤。

「那就麻煩你了。」

「不麻煩。」

我發現阿萬總是在偷看我，昨晚坐車的時候也一樣，他老從後照鏡偷偷打量我，我對被打量的視線很敏感，畢竟我以前走到哪，都是眾人的焦點。

我沒時間理會他，因為我更在意，自己從昨天在火車上睡著之後的變化，昨晚雖然一夜無夢，我還是覺得自己哪裡怪怪的。

吃完早餐要出門時，我忽然脫口，「去之前先去哪裡買點水果去吧，這樣張奶奶看到了，一定也會很開心。」

阿嬤愣了愣，才點頭說，「對對對，買點水果！」

我沒事說出那句話要幹嘛？我應該要快點去醫院、快點偷跑才對啊！

我暗自懊惱，等到我們買完水果抵達醫院時，已經快要中午了，太陽又升到會把人給曬出一身汗的位置。

而且這裡說是醫院，看起來也不過就是比較大的診所，總共才三層樓高，外頭有零星的病人進出，每個從醫院出來的人，手上都拿著一包包的藥，看起來就像在比誰的病情比較慘。

阿萬這個人也許是同情心氾濫吧，他對阿嬤很好，下車後也率先進去幫忙問張奶奶的情況。

「對，叫張小玉。」

「張小玉……啊、有了，有這個病患喔。」

「那麼她現在……」

櫃台裡的護士皺了皺眉，「你們是她的親人嗎？」

阿嬤一時語塞的回答不出來，阿萬連忙說，「我媽跟張奶奶是老交情了，聽人說她發生意外了，才特地從外地趕來看她的。」

「原來是這樣。」這個說詞很快就被採信，我們三人看起來確實有那麼點味道，父親帶著阿嬤和兒子來探病。

「其實，張奶奶的狀況不是很樂觀，我們也一直沒有她家人的聯絡方式，所以現在得對訪客問得清楚一點。」

不樂觀？

當阿嬤聽到這個訊息時，肩膀抖動了一下，卻還是照著指示往病房的方向走，張奶奶這一摔，的確摔掉了半條命，即使成功做了手術，但因為年紀的關係，傷口一直發炎消不下來，身體還對一些藥產生過敏或是完全沒效的反應，每拖過一天，就好像又和死神多搏鬥了一天樣。

最讓醫生頭痛的原因，就是她沒有親人可以來照顧她，只能獨自躺在病床，護士有空才能去照看她一下。

我終於看見了那個傳聞中的張奶奶，她的臉上掛著呼吸器，頭上包著厚厚的紗布，整張臉看起來非常腫，身上包著的尿布發出了臭味，阿嬤立刻拉起了簾子，花了幾十分鐘才幫她換好。

「小玉姐，是我啊，阿嬌，我來得慢了，妳可不要生氣啊。」阿嬤邊喃喃自語的說著話，邊幫忙整理著她的病床，「這是我孫子，他也來看妳了，你們那天沒見上面，現在才見到。」

「阿……嬌……」張奶奶發出了氣音，眼睛也慢慢睜開了。我嚇了一跳，想來剛剛護士也沒提到她有沒有昏迷。

「小玉姐！」阿嬤的眼睛笑成了彎，開心地說起話，雖然張奶奶只能有一句、沒一句的回著，但看起來她們倆都很高興。

我悄悄退出病房，想著現在的時機剛好。

想不到才一走出醫院，就碰到了在外頭抽菸的阿萬，他嚴肅地看著我，跟在阿嬤面前的表情完全不一樣。

我勉強點個頭，轉身要走。

「你要去哪？」

「去附近隨便走走。」

「這附近什麼也沒有，都是山啊、樹的，你一個人別亂跑。」

我心想他根本沒資格管我，但不知怎麼地，我卻沒想反抗——我果然很不對勁。

「我請你喝飲料。」他拉著我去自動販賣機那買了個飲料給我，然後就在旁邊的椅子上一坐，又點起了菸。

「阿萬叔，你在這住很久了嗎？」

「很久了啊，非常久。」

一個人住在這種山裡，感覺好像也沒什麼工作，然後又孤家寡人，怎麼想都覺得他很奇怪。

可是既然他住了那麼久，換書商店的傳聞應該多少也知道吧。

「我聽說這附近有個換書商店，換了書之後還能順便交換人生，你聽過嗎？」

「換書商店？這傳聞你打哪聽來的？」他面不改色地吸、了一大口菸。

「隨便聽到的啊，我也忘了，剛剛正想去瞧一瞧呢。」

「去了也沒用。」

「你果然知道？」

「去了也沒用啊。」他又重複了一次，「能換的人就能換，不能換的人，在這裡等上一輩子，也換不了。」

「換不了？那已經換過的能換回來嗎？我是說、把原本的書換回來。」

「——它上頭不是寫了，一旦交換就無法換回嗎？」他的語氣變得很冰冷，「你換過了？」他用著鋒利的眼神盯著我，就好像警察在盯著犯人一樣。

「我只是問問，你那麼兇幹嘛？」

他深吸口氣，調整了情緒後打算離開，我忍不住喊，「你換過書對吧？你交換了什麼？」

我本來以為他不會告訴我，沒想到他卻說要去進去醫院等候區的位子坐，就這樣在一個又一個病人的叫號聲中，他說起他的故事。

他說他原本是個警察，但因為工作經常不在家，頭幾年老婆還很能體諒他，一直幫他把家顧的好好的，也把兒子照顧的很好，直到兒子都要小學畢業了，他某天回家，才發現老婆竟然跟人偷情到了家裡，甚至連兒子都管那人喊爸爸。

『平時要你叫人你都不肯叫，對那種人你卻叫他爸?!』他說他當時，真的氣炸了！

『對我來說，他才是我爸，你只是個偶爾回家的陌生人！』

他老婆的情夫也勇敢地守在兩人面前，看起來，就像阿萬才是多餘的一樣。

那天以後，他把累積的假一次放完，努力想要彌補家人，可惜最後還是換來了一張離婚協議書，簽完字當天，他就一個人在家昏倒了。

後來才知道，他因為長期飲食不正常，竟然已經是胃癌末期。他很不甘心，為了這個家，他付出了一切，卻什麼也沒有。

「那天，我一個人坐在看診等候區，就是那個時候聽到可以換書的事，我大老遠跑來這個山區，也找到了換書商店。」

他成功換了書，當時他想著只要自己的病好了，就可以再去把老婆追回來，一切還有改變的希望。

「我的病不是突然好的，我會作夢，作關於小說內容的夢，一天又一天，直到小說結束，我的病也跟著好了。可是我的老婆卻失蹤了，她是故意隱藏了消息，無論我怎麼動用警察的朋友幫忙，也找不到他們三個。」

他重新獲得了生命，卻也失去活著的意義，他曾想過要換回人生，這樣他就可以自然死去，但從那天後，他再沒看過商店上還有書。

「十年了，我不明白上天給我第二次生命的意義。這幾年，我轉而幫助需要幫助的人，這樣我才不會覺得，自己活得像個鬼。」

活得像鬼。

他看起來一點也不像鬼，也許是他的內心，早就從那天就死了吧。

「嗯？等等，你說你因為作夢，病慢慢就好了？那你還有什麼其他的改變嗎？改變個性之類？」

他停下來看了我好一會兒，忽然笑開來，但眼睛卻沒有笑意。「我交換的又不是人生，個性又怎麼會改變呢？」

——他知道！不，他也許一開始就知道了，這個人早就知道我的祕密。

「這樣啊。」我假裝沒聽懂。

「抵抗是沒有用的，與其抵抗，不如接受，好好想想，憑什麼你可以得到別人得不到的機會。」

我很想反駁他，但我決定裝傻到底，「那也要遇得到才行啊，我又沒交換，怎麼會知道。」

他不再多說地離開，我又回病房看看阿嬤。

沒想到阿嬤卻一個人傻愣愣地站在病房外，我走近一看，才發現病房擠著醫生和護士，正在全力急救張奶奶……

隨著搶救無效，到醫生說宣告死亡的這段時間，也才不過不到一小時的事情，一個活生生的人，就這麼離開了。

阿嬤腳步踉蹌地靠著牆，卻沒有哭。

「阿嬤，對不起。」我又脫口說出自己不願意說的話了。不，這次的脫口也沒那麼不情願，看著她那張蒼白的臉，我心裡很過意不去。

「阿嬤才要謝謝你啊，如果不是你，我也見不到最後一面。」她駝著背離開，那聲「謝謝」

說得真心，可我卻聽得難受。

她把身上所有的錢都拿來繳張奶奶的醫藥費，阿萬則說可以幫忙申請公墓，我們便順理成章地繼續借住他家，直到張奶奶的後事全都處理完，才會回家。

＊

阿嬤的精神從昨天醫院回來後就很不好，平常早早就起床的她，竟然睡到快中午了還不起來，她明明醒著，卻不願下床，獨自在床上翻來覆去。

阿萬人也不在，他似乎對於把家丟給我們這兩個陌生人來說，一點戒心也沒有。

我還是決定上山一趟，留下了字條放在餐桌上後，把水壺裝滿水才出發，當然也沒忘記把小說帶著。其實今天快要清睡醒前，我又作夢了，但我沒有像之前一樣慌張，因為聽過阿萬的事，我知道作夢無可避免。

想想，換書還能換健康，那麼傳聞說能換愛情應該也是真的。只是，換的東西是小說裡的，還是那一本小說的原書主的？

假如阿萬說想要健康，結果拿到的卻是一本主角最後死亡的書，那豈不是沒意義嗎？

所以我猜，換到的是，原書主的任何部分。

我發現我會思考了，以前的我從來沒好好使用過腦子，我甚至連買東西都懶得去想，每多回憶一次過去的我，都愈來愈有種，那已經是上輩子的事的感覺。

踏著上次的原路，三度找到那個書攤，已經不是難事，當然上頭還是半本書也沒有，我用手戳了戳白色的風鈴，它只發出悶悶的聲音，就好像被什麼東西擋住了一樣。

「那個風鈴壞掉了啦。」一名駝背駝到幾乎是彎著一半的腰走路的老爺爺，好意提醒。

「壞掉了？」

「我住在這大半輩子了，從沒聽那風鈴響過。」老爺爺揮了揮手。

「也就是說，這個書攤從那時就有了？」

「有啊、從我有記憶的時候就有了，但我從沒看過上頭有擺過什麼書，小夥子，你如果也是想換書的，勸你還是放棄吧。」

「為什麼？」

「我曾聽過有個人，換了書就自殺了。」

「自殺?!」

「因為，他換到了不該換的東西，為了防止自己變成髒東西，所以才自殺的喔。」

「真、真的嗎？」

「呵呵，假的。」老爺爺發出怪異的笑聲，慢慢離開的背影，看起來更詭異了。

換到了不該換的，也就是說，那本書的原書主，曾是個可怕的存在？我全身打起了莫名的寒顫，對於自己正不知不覺，適應著我所有的個性改變，就覺得恐怖。

如果這本小說的擁有者，是個殺人犯的話，那麼過個幾天開始，我也會覺得殺人很好玩嗎？

我連我的道德觀都會失去嗎？還有那個接收阿萬所剩無幾的生命的人，又該怎麼辦呢？

叮鈴——

恍惚間，我彷彿又聽見風鈴搖曳的聲音，可抬頭一看，風鈴卻完全沒有晃動。

等到下午回家後，我發現阿嬤依然躺在床上，連食物都沒吃半口。

「阿嬤，妳怎麼還在睡？」

她嘆口氣，很艱難地坐起身，臉色非常難堪。

我走到廚房想弄點食物，最後發現我能煮的，好像只有水餃，頂多就是加水煮熟就行了吧。

第一次進廚房，連開個火我都開得小心翼翼，等水一滾，馬上把水餃丟下去，沒一會，水馬上沸騰到整鍋水都要滿出來，我趕緊關火，心想那應該是熟了吧。

「孫欸，那樣還沒熟啦。」阿嬤站在我身後搖頭，我完全不知道她站在那多久了，她馬上熟練地又開火，每個步驟都教了我一次。

「你怪怪的喔。」

「人是會改變的啦。」我敷衍地說，現在連我自己都無法阻止自己的改變了，當然很怪。

「嗯，我知道。」她不再說話，將水餃撈起來裝盤，我們祖孫溫馨地吃了一頓平靜的飯。

「你媽也變了不少，但我不怪她，是我先騙了她。」

「騙了她？」

「你媽是我收養的女兒，她剛出生就要被人丟了，因為她的父親只要兒子不要女兒，我那時剛好去醫院看病，連她母親也沒打算留她，他們都以為這胎是個男的，所以一見她是女孩，都嫌棄得要命，直嚷著說要送去孤兒院！」

「所以就被阿嬤收養了？」我太驚訝了，沒想到我跟阿嬤根本不是什麼親人，難怪，阿嘉說我是個假親人。

「是啊，小時候她跟我很親，我走到哪她都要跟，但她很乖，就算跟著我去工作，她也不哭不鬧，稍微大一點了還會幫忙……不過，自從去上學後，她漸漸不一樣了，尤其是上了國中，她因為被同學笑鞋子寒酸、制服也總是要買大兩號，變得愈來愈容易生氣。上高中後，有天她居然翻到了戶口名簿！她知道了自己是養女，為了這件事啊，她離家出走了一個禮拜……唉！」

所以媽才會努力變得優秀，賺更多的錢，並且那麼討厭貧窮……她會嫁給爸，搞不好也是因為他有錢。

我發現阿嬤從剛剛在說這段往事到現在，都不敢正眼看我，難道她在擔心我嗎？

「阿嬤，我不會變成那樣的。」

她眼眶有點紅，笑著點了點頭。

我和阿嬤，如今各自都對彼此有愧疚的事，我為了張奶奶的事，她為了不是我親阿嬤的事，其實她並不知道，她根本不需要愧疚，她能這樣毫無保留地接納我這個毫無血緣、突然出現的累贅，我才要感謝她才對。

感謝？

原來這就是想感謝的心情，那種胸口彷彿快有某種情緒滿出來，除了感謝再也找不到其他的形容詞，除了想努力回報給這個人以外，再也找不到能做得更多的心情，原來就是感謝。

吃完餃子，阿萬也回來了，他說公墓的事情已經解決，頭七做完就能入殮，阿嬤非常感激他，她好像不管大小事，很容易對人感謝，但別人卻不一定會記得她曾給予的幫助，並對她說聲「謝謝」。

我帶著小說，一個人坐在門口的椅子上翻看。我發現，這裡面的阿嬤角色，愈看和我的阿嬤愈像，但最讓我羨慕的，是裡面的感情羈絆很深，無論過了多久、發生了多少事、還是面臨生離死別，他們還是家人這點，永遠也不會變。

「那就是你換來的書嗎？」阿萬走出來說著，點了根菸。

「對啊。」我覺得好像沒有必要隱瞞了，心情比昨天更坦然了一些。

他愣了愣，「經過了一夜，你好像又改變了。」

「會一直變下去吧。連我自己都不知道，到最後我會變成什麼樣子。」我看著遠方逐漸西下的太陽，氣溫隨著陽光消失，吹起了小小的冷風。

「不管變成什麼樣子，肯定比原本的你還要好。」

「那我不就像被換了靈魂？」

他對著我的臉吐出菸，我應該要很討厭別人對我吐菸，但此刻我卻生不了氣。

「你都沒想過嗎？你手上那本書原主人，原本是個什麼樣的人，你知道一本書不管維持得多新，都會在裡面留下蹤跡嗎？我啊，其實很擔心換了我人生的人，會不會繼承了我的重病。但轉念一想，不是每個人要換的都是健康啊，也許他可以交換我對工作的信念、我的衝勁，畢竟我換出去的那本小說，是我每次執勤蹲點時，最喜歡拿來打發時間的書，那本小說看了很多遍，但因為每次看到一半又去執行勤務，每次都是從頭看起，所以我到現在還是沒看完它，但它上面肯定也留下了許多，我的執念吧。」

我低頭看著這本小說，它很新，這是我當初會換它的原因之一，我從沒想過上面會留下什麼痕跡。

「所以，某種程度上你不是換了靈魂，而是借用了這個人的一部分吧，而它，就在你的手上。」

說著，他踩熄了菸蒂，並要我去旁邊幫忙摺蓮花，還說有一張教學紙在桌上，讓我自己學。我怎麼可能光看那個就會？而且我為什麼要幫忙摺蓮花？

內心有個聲音又竄出來，我感覺自己就快發瘋了，好像有兩個我在控制身體一樣，我只能深深呼吸一口氣，壓下浮躁的內心，不再抱怨地研究蓮花的折法。

研究到都日落了，我才勉強摺好一朵蓮花，內心卻很有成就感——通過努力得到一個成果的感覺，並不討厭。

雖然我以前覺得，要付出努力才能得到很蠢，我會嘲笑，只有窮人才需要這樣。

「不是的，和錢沒有關係。」
「孫欸，你在跟誰說話啊？快進來吃飯了。」
「喔。」
今天一天，接收了太多新的情緒讓我感到疲倦，我早早就寢，睡前又翻起小說，我把小說的書封拆了下來，這才發現在白皮書的背後寫了一段字。
『給交換了我的人生的人：我不知道我能被交換什麼，唯一的優點就是還算孝順，但缺點是條件樣樣不如人，就因為這樣，我的夢想才那麼難實現，在這個什麼都要講背景、講錢的世界，要圓夢是如此困難，無論如何，願你能夠變得幸福。』
這段筆跡很娟秀，短短幾行字，透露出這個人的心很善良，她說她很孝順，也難怪她會買了這本小說了，我突然安心了不少。
睡意，猛烈向我襲來，我抵擋不住地闔上了眼，已經做好心理準備，迎接明天又不一樣的自己。

5

夢，在我們要離開阿萬家之前就沒再作過了，我算不清到底有沒有作滿七天，因為光是處理張奶奶的後事，就讓我們三個忙得團團轉。等到終於入殮完成，也到了該回去的日子。

「阿萬啊，這些天真的謝謝有你，讓我們祖孫在這白吃白喝的，唉我……」

「麥婆，沒什麼好謝的，就算沒有您開口，我也會主動幫忙。」

阿嬤聽了點點頭，「那有緣再見了。」

「喂！好好孝順阿嬤，知道嗎？」阿萬拍了拍我的肩膀。

「嗯，你也保重。」

火車慢慢往前開，阿萬一臉落寞地看著我們愈離愈遠，那天之後，我們沒再聊過換書商店的事，而我也沒再問起。

因為我有點害怕，害怕自己現在到底是個什麼樣子的人。

我閉上眼睛，想要藉著火車的晃動，回憶第一次搭著火車來這時的心情。怪異的是，當我愈是想要用力回想，那些感覺就飄散得愈快，無論我怎麼抓也抓不回來。

我只記得，自己原本是個揮金如土的人，並且對什麼也不在乎、更提不了興趣，但那是什麼樣的感覺？我已經不知道了。現在的我很窮，連路過雜貨店想要買個飲料，都要猶豫半天，但我卻覺得很滿足，因為有阿嬤在我身邊。

「阿嬤，你覺得我跟一開始還是同一個人嗎？」

「嗯？你在說什麼啊？」

「妳不是說我怪怪的嗎？我也覺得。」

「你只是領悟了，這沒什麼好緊張的，阿嬤覺得你沒有變，你還是我的乖孫啊。」說著，她笑了起來，我也跟著笑了。

我還以為別人會發現，但也許這種事情，根本不會有人發現，因為太不切實際了，就算我說出去，別人也只會當我是個瘋子。

這本《花甲男孩》，我已經利用這幾天的時間全看完了，中間幾度在我看到悲傷不已的地方，發現了上頭有眼淚乾掉的痕跡，代表了前書主和我的想法很像。

不，不是很像。

是我正在擁有她的思想，所以才同步了吧。對，我擅自把她設想成女孩了，會有那麼好看的字和那麼溫柔的口吻，一定是女孩。

——不過，我還是個處男呢！讓一個女孩的靈魂和我重疊，光是想想，就覺得興奮。

這種粗俗的想法一竄進腦海，我就道這可能是以前的我會有的思想，隱約找回一點從前的自己，卻只是覺得唏噓，彷彿過去的我就只是個思想迂腐的存在，直到現在才終於變成了人。

此刻，我們才一到家門口，阿嘉就慌張跑了出來，他看了阿嬤一眼，接著就死死瞪著我。

「是阿嘉啊。」阿嬤開心的打招呼。「這趟遠門有點突然，讓你擔心了吧。」

「麥婆，發生什麼事了嗎？」

「你看我這記性，也都忘了給你打個電話，我一個朋友突然生病過世了，所以我去幫點忙。」

他鬆了一口氣，「我跟爸都很擔心，真怕妳一個老人家去哪了？還那麼多天不回來。」

「這不是還有我孫子嗎？」

我朝他點了個頭，即使我現在個性可能變了一些，但對他還是不可能有好感。

果然，他一把按住了我的肩膀，讓阿嬤自己先進了屋，接著揪住我的衣領。

「麥婆說的是真的嗎？你是不是帶她去哪幫你作保還怎樣的？還是讓她幫你去借錢了？」

「我就算要讀書，也會用我自己的錢讀，不會拿那種錢！」我用力推開他，不甘示弱地回瞪他！

阿嘉愣了愣，一句話也說不出來，他看我的表情很吃驚，就好像看到鬼一樣。

「你……」

「就是明天了吧，我會去工廠報到。」

「你是不是中邪了？」

「中你媽個邪！」

「靠！」

他一拳用力打了過來，我早就受夠他了，立刻回擊，三兩下我們就打成一團。並且，幾乎都是我在挨揍！

「你們兩個快我住手！」阿嬤跑出來一看，氣急敗壞地說。我們這才不甘願地停下。

阿嬤看了看我們兩個人鼻青臉腫的模樣，氣得把我們叫進屋裡，邊幫我們擦藥，邊訓話了半個小時。

「這仇我記著了，有一天，我一定會再打你一頓。」趁著阿嬤去放醫藥箱的時候，我嗆聲。

「我等著。」

*

那天打過架後，雖然整天跟阿嘉碰到面都在冷嘲熱諷，但他還是會教我不少焊接的技巧，當然他的說法，是為了阿嬤才教我的，所以最後很順利地轉成正職，阿嬤也不用再去田裡工作，整天就做自己喜歡的事就好。

我以為生活都上了軌道了，那天我領到第一份正職的薪水，開心從工廠回家，打算要讓阿嬤今晚買肉來吃。

但才剛到家門口，就看見外頭停了一台高級汽車，是我以前常坐的那種，說來好笑，我離開那種日子也才兩個多月而已，現在看到這種車卻覺得很陌生、很新鮮，因為在這個地方根本沒看過。

一進門，爸正待在客廳，阿嬤則是有一句、沒一句地，聊著誰也都不感興趣的話題。直到爸看見我站在門口，才重新亮了眼睛，「回來啦。」

「爸。」我艱難吐出這個字，從小到大，沒一次喊他是自在的，除了跟他要錢的時候，才喊得比較真心。

他把我從上到下打量了一眼才說，「坐。」搞得這裡是他的辦公室一樣。

「看來你這陣子，改變很大啊！總算長進了不少，還知道要工作！呵呵，真的不簡單、不簡單啊！」

他說得很開心，我卻完全聽不出來，他到底是在諷刺我還是誇我。

「怎麼突然來了？」我勉強維持禮貌。

「連說話的態度都變了！媽，您真是厲害，我應該早點把孫子帶給您才對。」

我很想提醒他，他應該從娶我媽到現在，沒來這裡看過一次，以我媽那麼討厭阿嬤的個性，一定會隱瞞自己的出身。

「沒有啦，乖孫原本就很乖啊，不用教的。」

「那好，以後我每年就讓他寒暑假都來這裡訓練、訓練，也好讓他不要忘記這裡教給他的東西。」

「爸，請問這是什麼意思？」

「我也是到這幾天才知道，你居然大學休學了！你那個媽，居然沒給你錢繳學費！我兒子怎麼能沒有大學畢業？你可是將來要繼承我的人啊！」

「爸，我的監護權不是給媽了嗎？」你不是還說，該給的錢都給了，叫我不要找你嗎？

「她這樣沒有盡到義務照顧你，我的律師隨便就能把你要回來。好了，現在就走吧，你快去把你那身髒衣服換一換，免得弄髒了車子。」

阿嬤表情雖然不捨，卻默默低下了頭，似乎也認為這樣比較好。我直接把這句話當成耳邊風，像沒聽見似的坐著不動。

「叫你去換衣服，你還愣著幹嘛？」

我完全不懂為什麼這個人現在突然又要我了，也不知是在打什麼鬼主意。不過，以他那龐大的人脈和經濟，要知道我這個兒子餓死了沒、或走上歪路了沒，應該很容易。

也就是說，他完全是因為知道了我的改變，才回來要帶我走的。

我忽然按捺不住大笑！「哈哈哈哈！終於啊！哈哈哈！爸！不枉費我花了這麼多心力在這裡裝乖，都快要累死我了！你都不知道每天為了領那幾個錢，看人臉色看得有多痛苦！重點還得住在這個窮酸的地方更是……總之，我就知道爸你一定會看見的，你一定會明白我是個多麼有用的人，我們趕快回去吧！我等不及回到我原本的生活了！終於不用再工作啦！」我發狂地又說又笑，迅速回房換衣服。

可等我換完衣服出來，卻看見他鐵青著一張臉瞪著我，「你都是演的，這陣子，你在這裡工作什麼的，都是假裝的？」

「當然啊，我打電話跟你要錢你又不給，只好先工作撐著囉，而且我猜你應該不會就這樣放棄我吧？我可是你唯一的繼承人喔！好啦，不然回去以後，我多多少少幫忙做點事，總可以了吧？」我無奈地兩手一攤。

他長嘆一口氣，起身要走，「別跟過來！你這塊朽木沒資格當我兒子，以後我的公司，就算我死了也不會留半毛給你的！」忿忿地說完，他轉身就上了車，不再留戀地立刻消失。

我這才鬆口氣的坐下，灌了一大杯水解解渴，然後有點心虛地看看阿嬤……

「孫欸，餓了嗎？我們開飯吧。」

「阿嬤……我剛才說的那些……」

「阿嬤知道，你是我的乖孫啊！」她轉頭，眼睛泛著一點淚光，笑得很開心。

我當然也很想回去過那種生活，那種不需要再為了幾塊錢斤斤計較、活得很舒服的生活，誰不想？

但我更不想再看到阿嬤一個人又回去種田，獨自辛苦活著的模樣，最重要的——她是唯一真正把我當成親人的人。

這晚，阿嬤煮了整桌菜都是我愛吃的，當然依然又鹹又油，即使我們現在吃的菜都很新鮮，但阿嬤也已經習慣這樣的口味了，我也真奇怪，對這種味道上了癮。

晚飯後，我們一起坐在門口聊天，這天除了那段插曲，也和平常一樣平靜地結束了。

早上，我早早就去出門工作，到了傍晚回家，到處沒看到阿嬤的影子，才發現她竟然還在睡。

「阿嬤……妳生病了嗎？阿嬤……阿嬤！」

那一天，也許就是結束得太日常了，所以阿嬤也走得這麼突然又平靜，她就像睡著一樣躺著，表情安詳又帶著微笑，就好像昨晚，她笑著作夢的時候，心跳才悄悄停止似的。

「阿嬤！」

＊

金爐裡的火光忽大忽小，紙錢一丟下去，一下子就被火沾染火光，連逃的地方都沒有，就像我。

我自從跳進了這改變人生命運的世界後，就再也沒有選擇的權利，只能任由命運擺布，任由它決定現在的我，該哭還是該笑，該悲慘還是該幸福。

當我決定要想辦法努力工作，讓阿嬤剩下的日子能好過一點時，命運就決定讓她退場，讓我連孝順的權利都沒有。

那麼接下來呢？是不是我要做什麼就沒什麼、想要什麼就得不到什麼呢？

我想起，那個女孩寫的：她說她樣樣不如人。我還真是如實地按照她的人生發展了，現在的我，也差不多了，好一點的是，我有高中學歷，也許回去台北還能找個好一點的工作。

就這樣了嗎？就只能這樣了嗎？

為什麼我有一種悔恨的情緒，一直無法散去。

我恨這本書、恨這個把我改變成我不像我的書！不是說了唯一的優點是孝順嗎？他媽的！人都死了要孝順個屁啊！

「孝順個屁啊！哼換書商店……我看祢一雷把我劈死不是更快！讓無辜的人死掉算什麼啊！」

在無人的墓地，只剩下我亂七八糟的狂吼。我真希望自己還是原來的自己，這樣就能厚臉皮地回台北找爸。這樣，我也不會悲傷到，像快要死了。

我收拾著情緒慢慢走回家，卻發現，門口前的那條路上站了幾名警察，只見阿嘉就這樣被兩個警察架出來。

「發生什麼事了？」我問著街訪鄰居，但大家只看一眼就害怕得躲回家。

阿嘉要被抓上車前，瞥了我一眼，那眼神裡充滿著憤怒，但我能感覺到，他的憤怒對象不是我。

他被帶走後，他爸整個人哭倒在地，我扶老伯進屋，才發現他家被翻得亂七八糟、慘不忍睹。

「到底出什麼事了？」

「我怎麼也想不到他口中說的加班竟然……竟然都是去參加那個什麼民主團體！他回不來了！回不來了！就剩我一個了……」他哭得氣不成聲，我的打擊也不小。

民主團體？

那不就是，幾個月前高雄才爆出的那個……叛亂一樣了嗎？

我呆愣坐在門口的地上，他居然會去參加那個……為什麼？

不，這個社會有糟糕到需要一直有叛亂嗎？

我什麼都不知道，突然間，我為自己的無知感到可恥，是那種打從心底覺得丟臉的可恥。

我這二十年來，到底都在幹什麼？除了吃喝玩樂，我什麼也沒關心過，甚至來到這裡自以為改變後，我想關心的，也只有阿嬤。

而原書主的那個女孩，連她都懂得要擔心一個根本不會見到面的陌生人，我卻自私的，永遠只看得到……自己。

滴答。

阿嬤離開到現在，我第一次，哭了。

這糟透的人生從頭到尾都不是換書商店給我的，而是我自己活成這樣的，是我自己……

我抹了眼淚，一個人坐在再也沒人給我煮飯的餐桌旁，「還來得及吧，從二十歲才開始學習如何當一個人，一個不自私的人，還來得及吧。對吧，阿嬤。」

如果是阿嬤的話，一定會說來得及的。

即使我現在根本不知道自己要怎麼活下去，即使我根本還沒想出自己能有多偉大的夢想，但我知道，她一定還是會說：「乖孫，做一個善良的人就好了，不需要多偉大的。」

深吸口氣，我再次敲了敲隔壁的門，「阿伯，在阿嘉回來之前，有什麼需要都儘管跟我說。」

「謝謝啊，不過沒關係的……」

「不，鄰居互相幫忙也是應該的。」

他的表情緩和了許多，擦了擦眼淚點點頭，剛剛那擔憂的情緒也和緩不少。

「阿伯。」

「嗯？」

「我雖然不知道阿嘉為什麼要去參加那個，但我覺得他很偉大，因為他想要爭取的，不光是自己的未來，他說的民主是什麼我不懂，但我想一定不會是壞事，他這個人嘴巴很壞、我打架也打不過他，但他的心和我阿嬤一樣善良，他們這樣的人，總是會為很多人著想，所以阿伯，你應該要驕傲一點才對。」

「你……」他怔怔的看著我，「謝、謝謝你……」

叮鈴——

耳邊，彷彿又響起了那個換書商店的風鈴聲，我轉頭四處看了看，什麼也沒有。

換書商店，換的到底是人生，還是一個幻想？我的改變到底是因為那些怪夢，還是我自己想通？那些似乎都不重要了。因為此刻，我已經知道自己該怎麼活下去。

叮鈴——叮鈴——

6

一九九二年。

我就這樣看著時鐘指向晚上十點，依照我媽的個性，一定又像往常一樣準時的把電話拿起來不讓別人打進來，這在我家稱之為：「靜音時間。」一直到早上七點我媽才會讓家裡恢復通話。

我徹底死心趴在桌上，不爭氣的眼淚就這樣滑過鼻梁沾濕了考卷。

這已經是這禮拜的第幾次了？從禮拜一打到禮拜天，何舜文從一開始的一個多小時，到現在整整兩個小時，他都沒有回我電話，屬於他的那組 BB.Call 號碼，像突然斷了線的風箏，已經脫離手中，不知去向。

他的大學生活一定很忙碌吧，我總是這樣催眠著我自己，繼續埋首於念書，想著只要我今年不再落榜，我們就可以讀同一間學校了，而這一次他是學長、我是學妹，多好——這份離我愈來愈遠的幻想，仍是我現在的動力來源。

這已經是重考第三年了，第二年的成績還比第一次考的時候少了一大半，我根本不知道自己現在念的到底都是什麼，腦子每天一接觸到書就脹得不得了。

我現在胸口滿腔的煩躁，讓我都要喘不過氣了。

拿出隨身聽，卡帶放的是，去年底才剛解散的小虎隊。按下了播放鍵，上回播到一半的歌，繼續從中間播放，只是歌才播了兩句，我就哭了。

再一次把心給你　幻想著你的回應
這一顆疲倦的心　不能停止想你

「怎麼偏偏是這首《把心給你》……我的心想給你，可是你好像已經快不想要了。」

和何舜文認識，是在高中聯考的時候，我們在同一個補習班，因為要考的志願高中一樣，位子又坐得近，不知不覺就常常待在一塊念書、聊天。

他不擅常的理化我教他，我不擅長的數學他教我，就連假日，我們都輪流去彼此的家裡念書，雙方父母也不會說什麼，還很高興我們能一起互相激勵。

那時的我們很拼、很有衝勁，約好一定要同時上榜，如果成功了，他就請我去看電影，然後我請他吃冰。

我永遠記得，那天吃過的草莓冰是我吃過最好吃的，明明只是挫冰加上草莓果醬，為什麼會那麼好吃呢？還有那部《金枝玉葉2》的電影，直到現在第四台重播的時候，我看著看著還是會想起，那天我們在電影院的手，不小心碰在一起時的悸動。

戀愛後的故事　從沒人告訴我
等候的盡頭　不知會不會快樂

卡帶翻到背面，接著播到了《思念像一首歌》，我就和歌詞裡寫的一樣，戀愛之後的我們是否還會幸福，沒人告訴過我。

上了高中，我們又很湊巧分在同一班，這種命運般的注定感，早讓我克制不住地喜歡他了，可我們卻一直保持曖昧，誰也沒把咫尺的距離，再拉近一步。

直到升上高二，發生了一件事，才讓我們的關係有所轉變。

那天，我們一如既往一起回家，走到沒有同校學生的巷弄時，他突然認真地盯著我看。

「幹嘛？突然這樣看我。」

「那個陳志偉，是不是給妳情書了？」

「什、什麼情書，只是一封普通的信啦。」我不好意思地別過頭，那是我第一次收到情書，即使我並不喜歡他，可有人說喜歡自己，不可能會有女孩子不開心。

「別跟他在一起。」

「為什麼？」正值叛逆時期的我我，立刻被這種莫名奇妙的態度，激出挑釁的反應。

「沒為什麼。」

「你說不出來，我明天就回信告訴他，我願意和他交往！」

「隨便妳！」

一吵起來，兩人都不想再說半句話，走到了叉路口，各走各的路，我連回頭再看一眼都懶。什麼嘛！他憑什麼管我，他明明和我什麼也不是，我愛跟誰在一起又怎樣！

忽然，一隻溫暖的手，抓住了我的手臂，他就這樣在轉瞬之間，就將我困在牆壁上，第一次這麼近距離地看著他，瞬間，我的心臟緊張到疼痛。原來，太過興奮的時候，痛感和喜悅是一起的。

「因為，我喜歡妳。」

那句話、那個眼神，直到現在想起來，都好像才是昨天的事。

我們就是從那天在一起的，在那個誰偷談戀愛，就會被家裡的人罵個半死、或是禁足的高中時期，只有我們兩個人，雙方父母都不反對，還很樂見其成。

我們依然熱愛念書，名次連續三年都保持在前三名內，那時真的很風光，翻開畢業紀念冊，上頭都寫說我們是最會念書的情侶，還說等著以後喝我們的喜酒……

「喝什麼喜酒啊，還能走多久，都還不知道。」

高三的那年，我們比考高中的時候更拼了，那時他還說，等我們都上榜了，就帶我去知本泡溫泉，那將會成為我們第一次的過夜，為了這個，我當時真的真的好努力了，我甚至很有自信，畢竟我的成績一直都很好。

或許我就是太自信、太自以為是，甚至理所當然地認為，幸福會永遠在我的人生裡，所以我才被懲罰了。

放榜的那一天，他穩穩上榜，我的分數卻差了不少分。

「妳看，這樣妳就能當我學妹啦，學妹這個身分是很可愛的喔。」他想安慰我，我卻打擊大到，一點也笑不出來。

「嗯。」

「當作轉換心情，我們這禮拜去知本放鬆吧。」

「你考過了當然能放鬆，但我不能！」

「對不起……」

「你幹嘛道歉？你有做錯什麼嗎？」

我把那股失敗的挫折感，全轉移發洩在他身上，那瞬間，我甚至想著，憑什麼他那麼常在高中的時候考輸我，而我卻在這種節骨眼，差他那麼多分！

我忌妒到失去理智的嘴臉，一定很醜吧。

所以就算之後我想要恢復從前那樣的相處，才那麼難吧。

重考第一年的我們，幾乎只有一個月見面一次，每次見面，他看起來愈來愈不一樣，他分享的那些新鮮的大學生活，聽在我耳裡總是刺耳。

「下個禮拜天妳跟我們一起去爬山嘛，偶爾妳也需要放鬆一下。」

「我沒時間去。」

我倔強地鬧脾氣，一次也沒答應過他那些邀約，孤僻的只想要兩個人約會就好，對我來說，放一天假不念書已經很奢侈了，如果還要和別人分享，那我絕對不同意。

去年，我又落榜的時候，他已經連安慰我都懶，也是從這一年開始，我們見面的次數，拉長到兩個月一次，因為他說他要忙社團、忙報告還要忙打工，他忙碌的理由很多，好像寧可不和我見面，要忙什麼都好。甚至連一週兩、三次的電話，他也不打了，曾經有聊不完話題的我們，好像是上輩子的事。

是我，變得面目可憎，還是他變得心已不在？

我不知道。

年才剛過，照理說他應該很有空才對，但現在卻連通電話也不回。

喀啦。

房門突然被打開，讓我嚇到從椅子上跌了下來，隨身聽也跟著被扯落，摔在地上發出裂開的聲音。

「我就知道，妳根本就沒在念書。」媽用一臉「扶不起的阿斗」的表情看我，滿臉的鄙夷，我考個大學考到第三年，已經讓她臉面無光了吧，老是聽她跟爸抱怨，說現在連出門買個菜，都要被鄰居冷嘲熱諷。

「我先跟妳說啊，今年妳要是再考不上，看妳要去工廠找個工作，還是幹嘛都隨便妳，但家裡可不會再給妳出一毛錢去補習班了！」

「知道了。」

「妳看妳這樣一直考不上，連何舜文都覺得和妳在一起丟臉了吧！活該！」

關上門前的這一句話，再一次的刺痛了我的傷口，我好想大吼一番或是叛逆地回個嘴也好，但我卻一句話也說不出來，所有的怨懟全積在胸口，好像隨時都會炸開來一樣。

「去死吧，我要是能去死就好了，死掉了再重來，我一定又能重新努力了。」

＊

早上，去補習班的路上，經過鐵軌，此時沒有火車要過，我一個人站在鐵軌中間，想像著，如果能乾脆就這樣結束了自己的生命，就不需要再為那些事情痛苦了，什麼何舜文、什麼聯考、都不再和我有關係了。

叮噹、叮噹——

柵欄慢慢放下來，我完全沒有想移動腳步的意思，忽然，一個男人衝進了柵欄內，用力把我拽到安全地帶！

「放開我、放開我！」

火車迅速穿過，喀啦喀啦的聲音，掩蓋了我終於哭出聲的痛苦。

我完全不知道這個多事的路人是誰，他一邊緊緊抓著我的手臂，一邊任由我發洩到高興為止。

在我一把鼻涕一把眼淚時，他遞出一條舊舊的手帕，「嚴同學，妳發生什麼事了嗎？」

「……老師？」我有些恍神地看著眼前的男子，他長得很平凡，身上穿的衣服也很舊，但他的眼神，卻比任何時候，都還要鋒利。

原來，是補習班的林敬祥老師，他不是教我上的那個升學班，是另一個升學班的。會有印象是因為，有次大家下課時開玩笑說『惩老師』時太深刻，才對他有點印象。

「——好吧，翹課吧。」他收斂了剛剛鋒利的目光，表情顯得有些隨意。
「什麼？」
「妳也不想這個樣子去補習班被大家看到吧？沒事，翹一次課不會死掉，但如果放著妳不管，妳也許還會想去死。」

*

最後，我們哪裡也沒去，隨處進了旁邊的國小，就坐在操場前的講台邊，看著零散的人，在操場上跑步運動發呆。天氣很冷，坐在這更冷，但我一點也不在乎。
我只是不停地說話、不停地說，好像想把這一生該說的話，全都說完似的，我把我和何舜文的每個經過都說了，也把這痛苦的重考日子也說了。
我不知道自己的嘴為什麼停不下來，但隨著我每多說出一件事，那本來要炸掉的胸口，好像就漸漸降溫了一些，直到兩個多小時過去，我都已經說到喉嚨沙啞了，才甘願停下。而老師，始終一臉認真地傾聽。
「妳在這等等。」他小跑步地離開講台，我則虛脫往後一躺，看著有些發黑泛黃的天花板，和旁邊的天空有著強烈的對比。
我就像那塊天花板，明明被蓋在太陽底下，卻翻不了面，只能任由內部發黑泛黃，然後外表則被這現實曬得快要粉碎。

一瓶飲料在我的臉上晃了晃，「喝吧。」

「謝謝老師。」

「我說不出什麼大道理，但至少我能做到傾聽。對一個身處無助深淵的人來說，傾聽的力量也可以很大。」

「老師，我也許之後都去不了補習班了也說不定，所以我還要再跟你說一次，謝謝。」

「為什麼？」

「我媽知道我翹課，可能就不會再讓我去了。」說著，我一口氣把整罐飲料喝完，講話講到發痛的喉嚨，因為這份滋潤，又痛又涼。

「還沒發生的事，為什麼要先去預想？妳就是這樣才容易作繭自縛。」他站起身，揮了揮手就離開了。

我完全不明白，他為了我這個如過客般的補習班學生，這麼雞婆要幹嘛？他沒有像其他大人一樣，聽了我的煩惱後，只會搬出一堆大道理來說教，或講一些好像很有深意的話，來突顯自己是大人這件事。他只是靜靜聽我說完，提醒了我正在虐待自己，就走了。

作繭自縛。

是啊，我不是一直如此嗎？對於何舜文的每件事，我都沒有向他提問過，我想讓他知道的心情，也從來沒說過。因為我倔強的認為，他應該要懂我一再失敗的感覺，他應該要更體諒我的心情，討好我……

我不過是，不管怎麼耍賴都要不到糖吃，在跺腳難過而已。

真是幼稚，我幼稚到極點了。

「我明明決定以後要成為像朱影紅那樣，敢於做自己的女人啊，我已經二十歲了，是女人了。」我之前偷偷買了一本小說，裡頭的女主角就叫朱影紅。我很著迷裡頭穿插的情慾情節，常幻想哪天我和何舜文也能……我居然這種時候，還能起這些雜念，我就是這樣，書才念不好吧。

已經走了很久的老師，不知為何在這時，又突然折返回來。我愣愣看著他，這才發現和他說了那麼久的話，我都沒仔細看過他的臉，他看起來很白淨，是大人們最常說的那種，專吃軟飯的臉型。他講話雖然斯文，卻常會在下課時，和學生們開些粗魯的玩笑，我聽很多人說，很喜歡上他的課。

「老師，怎麼了？」

「要不要去吃冰？」

「啊？現在是冬天耶，哪裡會有人賣冰啊。」

「妳這樣說，那些賣冰的，冬天都不用活啦？」

我默默的點點頭，心裡充滿著疑惑，他明明可以走的，幹嘛又回來了？

「老實說，聽妳剛剛說的那些事，我才想著，啊、原來我已經這麼老了？老到這些青春記憶，早就像前塵往事了。」

「老師，你幾歲啊？」

「妳又幾歲？」

「今年剛滿二十。」說完，我還有點剛成為雙十年華的驕傲感。

「我整整大了妳十二歲，妳說青春，離我遠不遠？」

十二歲，我爸也才比他大了八歲而已，想著我爸那已經開始衰老的臉，根本和老師成反比。我覺得上天很不公平，為什麼給了這個人可以當老師的天分，又給了他不容易衰老的體質？

啊，我這憤世嫉俗的心態，已經到了連老師都不放過的程度了嗎？我真是無藥可救。

我們去的那間冰店，果然冬天不賣冰只賣熱湯圓和燒仙草，老師卻也不著急著離開，居然跟那老闆閒聊起來，聊著聊著，才慢慢透露自己老師的身分，還說以後老闆的兒子有需要去補習班，他願意打個八折。

「老師啊！我這還有一些餘冰，不嫌棄的話，我就用那個，做刨冰給你們吃吧？」

「好啊。」

這才是真正的大人啊。

我簡直在老師面前，像個小毛頭一樣不經世事。

結果老師卻幫我點了草莓冰。

「老師，你是故意的嗎？」

「人的記憶是可以重疊的，妳不是一直很懷念那個吃冰的回憶嗎？現在，妳可以把愛情的回憶，換成妳和我的師生情誼，是不是很溫馨？」

「一點也不。」

他哈哈地笑開來，「果然青春就是讓人懷念啊！以前我可是比妳現在還要叛逆呢。」

「好漢不提當年勇。」我一說完就後悔了，完全忘了要尊敬他是長輩。

「哇啊！我終於也到了會被人說這句話的年紀了，人年紀一大，真是可怕，我以前明明告誡自己，千萬不能說這句話的。」

真奇怪，前面訴苦時還不覺得，現在突然發現他一點老師的架子都沒有。

「好了，我最多也只能幫妳消除吃冰的回憶，看電影我就沒辦法了。」

「為什麼？」

「因為我的女人是很愛吃醋的。她說了，我絕對不能讓其他女人坐我的車，更不能和她們單獨看電影。」

「原來老師也有女朋友啊。」

「什麼態度！沒禮貌。」他一臉幸福地說：「我們明年就要結婚了。」

「恭喜你，老師。」我對於結婚這兩個字一點感覺也沒有，但看著他滿臉的幸福才想起，我和何舜文，本來也可以走到結婚的。

「回去路上小心，再見。」

我莫名地一直看著老師的背影愈走愈遠，心裡想的卻是：老師的未婚妻，真是個幸福的女人，她找到了一個會永遠愛她的男人。

嗶嗶。

鑰匙圈上的BB.Call發出了聲音，號碼是何舜文家的電話。

我顧不得尊嚴，立刻衝去最近的公共電話打給他。

「怎麼那快？妳不是還沒到休息時間嗎？」何舜文驚訝地問。

「我、我今天……沒有上課。」

「是喔！對了，妳昨天找我有事？」他一副完全不想詢問我原因的態度，岔開了話題。

「嗯？沒事。」

「是嗎？那好吧，我也要忙了，再見。」

我聽著話筒傳來答答答的聲音，彷彿也聽見心碎裂的聲音。我在他心裡，已經不在了，這段戀情，搞不好我不再找他，隨時可以結束。

「別哭了，妳再怎麼哭，學長就是跟學姐在一起啦。」旁邊經過的兩個女孩說道。我趕緊背過身，不想讓人看見我的狼狽。

「可、可是……嗚嗚……」

「不然，過兩天我們去知本泡溫泉？」

「我才不想泡什麼溫泉……」

「泡一泡，感受一下青山綠草，這種痛苦很快就會消失的。」

兩個女孩的聲音好不容易從我旁邊經過，但一個熟悉的聲音，卻在這時又出現了。

「手帕還在妳那，妳記得要趕快洗一洗還我。」

一包衛生紙忽然遞到我面前，眼前的這個人，一天看我哭了兩次。說到底，他每次說要走了，都沒真的走吧。

「謝謝老師……」

「要不，我們也去泡溫泉吧。」

「啊？」

「別想歪，妳自己一間、我自己一間，我也想順便去走走，明天就去。」

「老、老師……」我有一大堆問題想問，卻全都凝結在結巴的話語裡，問也問不出。

「青春本來就是苦的，出去走走看看，妳會找到妳自己的答案。」

「老師，我又不是你的學生。而且，我還只是個補習班學生，你又何必……」

「噓！千萬別把想拉妳一把的人推遠，會受傷的。」他的話，我愈聽愈不明白。

「但老師你的未婚妻不是很愛吃醋嗎？」

「是啊，是這樣沒錯。」

「這樣的話……」

「我難道忘了說了嗎？她最近去國外出差兩個禮拜，我們是不會浪費錢打越洋電話的，這樣我要怎麼告訴她這件事呢？」

說什麼已經三十二歲，有些想法還是很幼稚，等他未婚妻回來，肯定會生氣的！

「我又沒有錢，而且我家裡也……」

「年輕不叛逆，枉為年輕人。明天早上九點，我會在車站等妳。」

我一定是被這句話激怒了，一個準備步入中年的人，居然說我枉為年輕人？要不是為了快點考上大學，我才不會這樣浪費我的青春呢！

想起何舜文老是認為自己已經學會玩樂，而我卻還只能念書的模樣，我就一肚子火。去就去！今天補習班的課都翹了，接下來沒逃個家的話，就像是個半吊子的叛逆一樣。

我立刻飛奔回家，悄悄整理好行李，剛好這段時間媽媽都在煮菜，我預計今晚免不了一頓罵，正好趁著她罵我，早上逃家才有個正當理由。

收拾行李前，我把《迷園》也裝進包包，對我來說，我暫時都不想再看到桌上那些，讀了一遍又一遍的參考書了。

我想，逃離。

我不知道我要逃的是考試還是愛，或許我想逃的，只是我給自己的枷鎖。重到忘了怎麼解開的枷鎖。

7

我不是第一次坐火車，卻是第一次坐上今年才剛營運不久的南迴線，整個火車座無虛席，這麼熱賣的火車票，老師卻死也不說他是怎麼買到票的，只要我每多問一次，他的臉上就會出現討厭的得意表情，所以我已經放棄詢問了。

我雖然都一直埋頭苦讀，但對於南迴線的火車，還是經常在補習班聽到人家討論。這次寒假期間，也有不少人暫停了幾天課，跟著家人一起去台東玩，下課時，還跟大家分享了南迴鐵路的美麗風光。我當時聽了很是羨慕，如今，我已經在嚮往的畫面裡了。

我沒有相機，硬要和我搶窗邊位子的老師，竟然拿出一台傻瓜相機，拍窗外風景。

「老師，你拍的這些照片，能洗嗎？」

「能啊！為什麼不能，我的照相技術可是很好的。」

「我的意思是，到時你的未婚妻要是問你什麼時候拍的，你要怎麼回答？如果我要整你，偷偷拍個一張被她看到了，你又要怎麼解釋？」我托著下巴，懶懶地問。

「這妳就不用擔心了，她會懂的。」老師嘴角甜甜地笑了，這種彼此完全信任的模樣，令我好生忌妒。

搖晃的火車很好睡，加上我是一大早偷跑出來，早就累得要命，不知不覺，我一路睡到老師把我叫醒來為止。

但其實我也才睡了快兩個小時而已。

我們搭著客運往山上的溫泉街前進，這一刻我才感受到自己逃家的實感，內心罪惡感和慌張感交錯，為了不要被家裡的人找到，我連 BB.Call 都沒帶，還把今年沒有花掉的壓歲錢全帶出來，可也只有三千元，夠不夠付旅館和飯錢都不知道。

「老師，如果我錢不夠付旅館怎麼辦？」

「那就留下來打工，直到還清為止囉。」

「！」

「騙妳的，小孩子就不需要去想錢的事了。」

我才不是小孩，我很想這麼說，但需要被人照顧的人，就是小孩，我其實很不甘心。

後來我們在一間看起來很貴的旅館入住，老師把房間鑰匙交給我，「妳先自己去休息一下，晚上七點我們再去飯廳集合吃飯。」

「嗯？那老師你呢？」

「我要去做點男人該做的事。」他挑挑眉地說。

我猜，他是不是希望我能夠自己一個人好好靜下來，在這風光明媚的地方好好思考。而我也才想起，這一路上我都沒怎麼想何舜文了，更沒怎麼難過了。

「難怪那天那兩個女生說要來這裡啊。」旅館來往非常多人，慢我們一步來的人，已經沒有房間可以住了。

進到那相當高級的溫泉單人房，我的下巴差點沒掉下來，「免費住這真的可以嗎？這肯定很貴吧！」不只床鋪很軟、很好躺，還有個露天風呂可以泡，更不用說備在桌上的日式茶點了，所見的每一處都有著濃濃的銅臭味。

「補習班老師，薪水有這麼好嗎？」

我把整個房間都看完、茶點也都吃完了。畢竟現在才大中午，這個時間點泡湯的感覺很怪，摸著有點餓的肚子，我決定自己去外頭找食物。

拿了旅館提供的附近景點介紹後，我就在這條處處是溫泉旅館的街道上亂逛，也吃了不少零嘴。明明是一個人，卻忽然覺得好輕鬆，好像那些煩惱都變得和風一樣輕、一樣不重要。

雖然，看到了不少一家子出遊，會感到有點寂寞。在我們家，根本沒有一起旅行過，以前小時候頂多爸會在周末的時候，開著半小時的車程去都會公園玩，說實在，那時我每星期都很期待，因為媽那時還會和我一起玩沙畫，爸也會和我玩翹翹板。很樸實，卻很快樂。

叮鈴——叮鈴叮鈴——

一陣異常好聽的風鈴聲吸引了我的注意，我轉頭一看，發現不遠處有個紅色的攤位，由於屋頂蓋成了燕尾型特別醒目，而風鈴聲就是從攤子上發出來的。

那是個漂亮的白色風鈴，掛在紅色的攤子很協調。

「換書商店、自由換書……我還真沒聽過有這種商店呢。」而且我發現這條巷子根本沒有人經過，連攤位也沒有人看顧著。

不，這書攤後頭的破爛屋子，看起來怪恐怖的，絕對不可能有人在裡面。

「啊、這不就和誠實商店一樣嘛，真好玩。」出門時，我把唯一的背包也背出門了，翻找一下馬上就找到《迷園》那本愛書。

我摸著書皮，對於這個有趣的攤位有一點猶豫，畢竟這是我最喜歡的書，但看著攤位上各種各樣的書，我也充滿了好奇。

如果，只是借看一點上頭的書呢？反正又沒有人，我就在這看一下，應該可以吧？剛有這個念頭，馬上又打住了腳，「這跟去誠實商店買東西不給錢，有什麼兩樣？」

我這才發現上頭竟然還寫著一些換書規則。

換書規則如下：

一、請用一本書交換另一本書。

二、一旦交換便無法換回。

三、交換後發生任何事一概不負責，答案都在書本中。

如違反以上規則，後果自負。

「後果自負……該不會有人偷偷監視著這裡吧？」我左右盼顧，想著如果違規，會不會有人衝出來大喊我小偷……甩甩頭，我不敢再想著偷看一下也好的想法。

可是，這本《迷園》真的是我很喜歡的書，雖然內容我早就倒背如流，但它是我這苦悶的念書生活裡，唯一的綠洲。如果真的要交換出去，我希望下一個人能好好的對它。

我拿出了筆，想著要跟換了這本書的人說些什麼好，最後，我翻開書本最後的空白處，一筆一畫寫下我的心情。

「給換了這本書的人：

我是一個重考生，一個曾經自負著自己的聰明，然後不停落榜的失敗者，失敗到還牽連男友，現在和男友之間岌岌可危到隨時都會分手。

我很迷茫，就跟朱影紅一樣，面對亂七八糟的自己、面對愛情的重要抉擇也曾迷網過，但最後，她終於知道自己要守護的是什麼，也明白愛情真實的模樣又是什麼。這個故事結局並不美，也因為這樣，它才真實得那麼令我著迷。

最後，希望你能好好珍惜它，願它也能成為你人生中，短暫一刻的綠洲。」

一不小心，我居然就寫了這麼多字，翻開書的人，翻到最後一頁也不知道會不會嚇到。

我掃了書攤上的書一眼，東看西看最後選定了一本，最符合我現在心情的一本書——《以愛為名》。我猜裡面也是愛情小說，我想看看裡面的角色們，又是怎麼談戀愛的。

叮鈴——

當我拿起那本書的瞬間，風鈴又響了，明明此刻沒有起風，也不知道它為什麼會飄動……

我翻開書本第一頁，上頭突兀地寫了一句話：如果給你一次交換的機會，你想要換的，是什麼？

「給我一次交換的機會？」我歪著頭的覆誦了一次，腦海裡想起的是朱影紅無可救藥地愛上林西庚的瞬間，是那樣地愚蠢、卻耀眼。因為那段愛，她蛻變成一個真正的女人。

「我希望能交換像朱影紅那樣的愛情，狂熱地愛上誰以後，變成一個成熟的自己。」

叮叮鈴——

旁邊的風鈴，像在回應我的自言自語般，我輕輕笑了，說出這種莫名奇妙的願望，心情舒坦很多，對何舜文的那份難過，也跟著消失不見了。

也許，我沒有想像中的那麼喜歡他，會難過只是因為，他是我第一個喜歡的人，所以我才會這麼執著，如果我真的那麼喜歡他，就不會忌妒他、不會張狂地把自己的醜陋，都攤在他面前了。

「這原本的書主還真有趣，居然在交換的書上寫了這麼有想像力的句子。難道交換書，還能交換人生不成？」我把書收回背包，迫不及待地想趕快回去翻閱。

＊

叩叩。

「嚴同學、嚴同學？」

「老、老師？」我從書中的世界回神，匆匆開了門，根本都不知道現在已經幾點了。

「不是說了晚餐時間在飯廳等的嗎？都八點了。」

「對、對不起。」我吐吐舌頭，「老師你居然等了那麼久才來？」
「是啊，因為我女朋友也是個很會東摸西摸的人，不知不覺就習慣性等著了。」
「是喔。」老師真的很常把女朋友掛在嘴邊，不過他們都快結婚了，這樣也沒什麼奇怪的。
「妳在幹嘛？居然連時間過了都沒發現？」
「喔、我在看我今天換到的小說，很好看耶。」
「換到的？」
「是啊，我下午逛到一個像誠實商店一樣的書攤，叫做換書商店，我就交換這本小說來看了。」
「換書商店……」老師看起來一臉難以理解的表情。
「不然，明天我帶你去看看？」
「不用了，我對那種奇怪的商店沒興趣，吃飯時間快結束了，快下來吧。」
我小心把書放好，才跟上腳步下去。一下子，這本書已經被我看一半了，我看得很入迷，因為角色剛開始的年紀和我差不多，裡面有些煩惱和我的煩惱很接近。更大的原因是，我想藉著看小說，努力忘記我正在逃家這件事。
說來有點丟臉，下午拿著小說回旅館後，我就開始焦慮了，原因很多，我害怕媽會不會為了找我，而發生什麼事，還是明天警察就突然把我抓走，又或者……我更怕的是，根本沒人想找我。
嗯，這才是我害怕的。

家裡就我一個獨生女，爸媽雖然說家裡沒有重男輕女的想法，但每次聽到爸說起別人家的兒子，總是滿臉羨慕，然後媽的臉色總會突然僵硬。這些我都看在眼裡，雖然他們從來沒說，但我知道，他們仍期待著，家裡還能再有個小孩，最好是男生。

這就是人家說的，老天要給你幾個小孩就幾個吧。我都已經長到了二十歲，卻還是沒有半個弟妹。

但我從小，就很有讀書的天分，直到上了高中，媽媽甚至期待我能爭氣點，考個名牌大學，讀個碩士、博士，這樣她也能驕傲一點了。

如果，我沒有落榜的話。

自從第一次落榜，爸媽對我就很失望。媽媽雖然沒有表現出，我若下次再考不上，就讓我自己自生自滅。但有次我聽到，爸好像有意要幫我找個人嫁了，對他們來說，我就像個失敗的作品，不是男生，又不爭氣。

《以愛為名》裡的羅江兒，雖然在故事開始沒多久，就順著爸爸的意思嫁了個大戶人家，但至少她的爸爸還是愛她的。我呢？我只是看起來有得到爸媽的愛，但卻是在額度限制裡的愛，每天只能領一點，這一生領完，羈絆就沒有了。

「咳咳。」

回神，才發現我盯著擺了滿桌的日式料理一口都沒吃。

「哇！日式料理耶，我還沒吃過呢。」

「妳沒吃過？」
「是啊，我們家幾乎沒有去外頭吃過飯，而且日式料理又不便宜……啊、老師，你的錢夠嗎？」
「放心吧，不會讓妳留在這洗碗的。」
「當老師的女人一定很幸福。」我脫口說道。忽然覺得這句話說得很不合時宜，偷看了老師的表情一眼，他居然完全不為所動。也是，大了我十二歲的老師，一定什麼大風大浪都經歷過了。
「老師，我們明天就回去嗎？」
他停下了筷子，忽然表情很嚴肅，「妳是在逃家，不是出來玩。而且……我如果不帶妳回去呢？」
我瞪大眼睛，忽然緊張起來。
「哈哈哈！開玩笑的，明天我還想再到處走走，後天早上再回去吧。」
「老師，你這樣會不會被警察抓走啊？」
我這話一說完，他一臉再也憋不住地大笑，還笑到抱著肚子狂笑！整個飯廳的人都在看我們！
「有、有什麼好笑的啦！我是認真的耶。」
「別、別再說了！哈哈哈哈！」
我被嘲笑到臉漲紅到脖子了！最後乾脆低著頭狂塞食物，等了好幾分鐘，對面笑到快昏厥的老師，才緩過氣來。

「妳怎麼會這麼可愛啊？妳的家人一定很愛妳。」

「啊？」

「不然，他們不會讓妳長到了二十歲，想法還如張白紙，沒有汙染。」

怎麼會沒有汙染，我爛透了，自己考不好，還到處怪東怪西的。

「我不會被警察抓走，因為我昨天已經有打電話給妳媽媽報備過了，她也知道我們住哪間旅館，今天抵達的時候，我也有和她聯絡。不然，妳會那麼順利拎著包包就出門嗎？妳家裡的門，平常都是有反鎖的吧？別誤會，這是妳媽告訴我的。」

「我、我……你……你……」我被這驚人的事實給嚇得一句話也說不出來，吃了一半的日本料理，一口也吃不下了。

「不可能啊，這不可能的……我媽她、為什麼會同意我……」

「這個問題，妳自己回去的時候，再找她聊吧。」

「走吧，跟我來外面。」

他拉著我的袖口，看起來就像拎著寵物一樣，但如果沒有他拉著，我還不知道自己會腦袋空白地，在飯桌旁想多久。

我的大腦暫時無法思考了，我媽她居然在知道的情況下，同意我跑出門過夜？這怎麼可能呢？老師到底都跟我媽說了什麼？我好想知道，想知道得不得了。

我盯著他的後腦勺猛看，忽然，一片漆黑卻鑲滿星星的天空竄進我的視線，這些星光刺眼得照亮這一片沒有路燈的後山。

「哇啊……」

我從沒看過密集度這麼大的星星，平時在家往天空看也有，但也許是路燈太亮了，讓星星的光芒變得很黯淡，但在這裡，星星就是夜空的主角。

「這裡，真棒。」

「以後啊，還會有更多、更棒的風景等妳去看。」

這一刻，我忽然明白為什麼老師一定要我來知本了，他想告訴我的是，如果為了那些煩惱就這樣結束自己的話，就看不到這些了。

「老師，你真是個奇怪的人，我就算真的死掉了，也和你沒關係的啊。」

「在這片星空下妳還能講這些煞風景的，妳才奇怪吧。」說著，他席地而坐，「說說那個換書商店的事吧。」

我馬上開心說起那商店有多特別，換到的小說有多好看，「對了，我記得第一頁還寫了奇怪的字喔，我想想……寫著如果給你一次交換的機會，你想要換的，是什麼？」

「交換什麼啊？」

「我也不知道，但我那時想著，如果能交換一場像朱影紅一樣的愛情就好了。」

「……妳就不怕，變成真的？」

看著他又像剛剛整我一樣，露出一臉似假似真的表情，我吐吐舌頭，「真的最好啊，這樣我就可以爽快和何舜文說分手了。哼！到時他一定會很錯愕的。」

「不如，我明天再去看看那個商店，就知道是真是假了。」

「我也去。」

「好啊。」

我忽然有點期待，這可是來到這裡後，第一次要和老師到處走，加上知道家人知道我出來，心情總算鬆下來。

回到房間休息後，我還是偷偷跑下去旅館大廳的公用電話前，站在那裡看了很久，連櫃台的服務員都奇怪地盯著我。

吸吐好幾口氣，我才慢慢拿起話筒，一個鍵一個鍵地撥了何舜文家的電話。

「哪位？」接電話的是何媽媽。

「何媽媽，是我，我找舜文。」

「找舜文？可、可是……」

「媽，誰啊？」

「是……幸如。」

「舜文，幸如是誰？你同學嗎？」我聽到旁邊還有個女生的聲音，我的心已經涼了一半。

總算，他還是接了我的電話。

「什麼事？」

「那個女的是誰？」

「我女朋友。」

呵，這「女朋友」三個字說得真順，一個連分手都沒提的人，輕而易舉地把我宣判死刑。。

「那我呢？」

「我以為我已經說得很明顯了。」

「也好，省得我還要想分手的理由。」我倔強逞強。

「沒事的話，請妳以後都別再打來了。」

嘟嘟嘟……

我第一次發現，愛情是很殘酷的東西，雖然《迷園》裡也有寫到，但每每我這個看書人，像個旁觀者，無法真實感受書中角色的痛苦。

此刻，我明白了。

熱戀的時候，總一堆甜言蜜語的人，才轉個身，就能變成陌生人，好像過去曾牽手歡笑的我們，只是電視上演過一場對手戲的角色，下了戲，我們就什麼也不是。

很意外，我的心裡並沒有太難過。

轟隆隆——

外頭忽然打起了落雷，啪搭啪搭的雨聲突然下起來，明明幾小時前還萬里無雲，能看到滿天的星空，現在卻又迅速變天。山裡的天氣，變化宛如人生。

「山上的天氣總是變化無常。」櫃台服務員說著。

我忽然想起，那個根本遮不了什麼雨的書攤，那些書會不會全都濕掉！

「請問，有雨傘可以借我嗎？」

「外頭下著大雨，客人妳還是不要外出比較好喔。」

「拜託，借我一下就好。」

服務員雖然面有難色，但拗不過我，還是借了我一把黑傘，並且還跟她要了幾個黑色大塑膠袋，想著用這個應該可以把那些書包起來。

山上下起暴雨果然不是開玩笑的，雨大到幾乎看不清楚路，加上陣陣的雷聲，即使不怕打雷，也有點心驚膽顫起來。

「天啊……雨好大啊！」

好不容易，總算找到了換書商店，一走近，就發現上頭半本書都沒有，嘩啦啦的大雨把書攤沖洗得跟新的一樣，後頭的破爛屋子不斷發出嘎嘰嘎嘰的聲音，我有點害怕起來——我居然這麼莽撞地深夜冒著雨跑到這裡。

然而明明白天還有那麼多本書的，怎麼現在半本都沒有了呢？

我很擔心我那本心愛的《迷園》會不會淋濕，難到它已經被人換走了？

「小姑娘……小姑娘……」雨實在太大，背後隱約傳來了聲音。

轉身一看，竟然是個獨眼老伯，他穿著古早的那種蓑衣，頭上還戴著斗笠……

「你、你是人還是鬼？」
「小姑娘，這是我家啊。」他指了指換書商店後頭的破爛屋子。
「你家？那棟破屋子？」我吞吞口水地退後幾步，最後還踉蹌跌倒在地！心裡想著的是：我錯了，我不應該跑出來的。為了幾本書，我會不會就這樣死掉啊……

8

這棟破爛屋子，屋頂都掀了一半，因為大雨的關係，淹到整間屋子的地板無一倖免。

我尾隨著老伯到最後一間房間，那裡的地板位置高了一大截，所幸水淹不上去，但仍然濕氣很重。

由於這塊空間不大，旁邊還硬是立著一面大書櫃，占據了一半的空間，旁邊只夠擺一張小小的單人床，床底下還放著電鍋和一些生活用品。

「老伯，你真的住在這啊。」

「是啊，我怎麼會騙妳呢，我都住在這大半輩子了。」

老伯脫下蓑衣掛在窄窄的浴室裡，微弱的燈光照著他爬滿皺紋的臉，而且他的臉頰凹陷得相當嚴重，身形也骨瘦如柴。

我居然到現在都沒有逃走的念頭，就這樣和一個奇怪的老人待在這裡。

「這裡既然是你家，那外面那個書攤是……」

老伯那鬆垮的臉堆起了笑容，「那個書攤的老闆，現在是我。」

「那是你開的？」

他搖了搖頭，「我已經繼承攤位五十年了，這五十年，我都一直住在這兒，沒走過。」

我愈聽愈糊塗，「那就是你的家族事業了？」

「小妹妹，妳為什麼這麼有興趣呢？還冒著大雨跑到這裡來……是想換書嗎？」

「不是，我已經換過了，我很擔心我原本換過來的書會濕掉，所以才跑來看看……難道已經被你收在書櫃了？」我馬上走到書櫃前仔細尋找，結果沒找到。

「不會吧，這麼快就被換走了？我還以為都沒什麼人來換書呢。」

老伯始終不發一語，我狐疑地瞥了一眼，總覺得這個書攤好像有很多祕密。

沉默半晌，老伯只是笑了笑，「妳還真是個愛書的人呢，書神會眷顧妳的。現在，快回去吧！」

「老伯，你還沒回答我呢，這是你的家族事業嗎？」

「還不到時候，今天妳就回去吧。快，趁著雨小了很多。」

我很想就這樣賴著不走，除非他告訴我隱瞞的祕密，但想想這樣好像又很危險，最後只好打消念頭。

這天晚上，也不知道是不是一下子折騰太多，我很快就睡著了，而且還做了一個很長、很長的夢……

夢裡有很多似曾相識的情節，有爭吵也也有無奈、有痛苦也有歡笑，好像我突然掉進了某個人的人生裡，體驗著屬於她的七情六慾。

清早，我是被房裡的電話叫醒的。

「快點下來了，不是說了今天要去那個什麼商店的嗎？」

「喔……」我揉揉惺忪的眼，卻感覺我的胸口很痛。那種痛，就像昨天晚上，聽到何舜文說出那些殘忍的話時一樣，痛到不能呼吸。

我的內心很明白，這次不是為了何舜文。

那又是為了誰呢？

我覺得情緒有點混亂，卻不知道是什麼原因。

「難道是那場怪夢？而且我怎麼覺得夢和《以愛為名》的情節有點像？該不會是我小說看太多了？」

我抓了抓頭，站在鏡子前整理時，總覺得自己看起來好像哪裡不一樣，但又說不上來，平常根本不會整理頭髮的我，竟然無意識地拿著吹風機，用梳子就把髮根吹得澎澎的，隨性地把頭髮側分，完全像是換了一個人——但我從來不會這樣整理頭髮的……

「好像有點成熟……」我摸著臉，吞了吞口水。沒想到光換個髮型，竟然有這麼大的不同。

我穿上過年時，媽媽買給我的高腰褲，並且配上白色的襯衫。在客服電話又響起來時，匆匆趕去和老師會合。

「我說妳啊，叫妳快點下來，結果都過半……小時了。」老師怔怔地看著我，那表情說有多吃驚就有多吃驚。

我揮揮手，「老師，你還好嗎？」
「妳怎麼……突然形象改變這麼多？」
「我們今天不是要出去玩嘛？打扮一下不好嗎？」
「沒有，很好。」他低下頭收拾桌子上的資料，「快把早餐吃一吃吧，我去外面等妳。」
我完全不明白老師這是怎麼了，還是他覺得我這樣打扮很不妥……抱著複雜的心情，我迅速喝完粥就趕快跑去找他。遠遠就能看見他站在大太陽底下，還閉著眼睛的怪異模樣，讓我不禁想著他是不是想做日光浴？像外國電影那樣。
「老師，沒有人站著做日光浴的啦。」
「噗……」他突然噗哧一笑，笑容在陽光底下彷彿閃閃發光，一瞬我看慌了神。
「這有什麼好笑的啦！」我紅著臉咕噥，抬眼不小心四目交接，胸口間忽然有種怪怪的感覺，我不喜歡那種感覺，立刻別開了視線。
「快點吧，我昨天晚上還去了一趟那裡呢，我有事情要找書攤的老闆。」
「妳、妳說什麼？昨天晚上後來下了大雨，妳還跑出去了？」
我馬上拍了自己的頭一下，「我怎麼說溜嘴了。」
「妳給我好好交代。」
「哼，沒有人一下子不像老師、一下子又裝成老師的樣子的啦。」我立刻跑了起來，結果，老師居然也跑得很快，一下子就追上了我。

小時候玩鬼抓人，我最討厭被鬼追了！每次被追，都有種莫名的恐懼感，讓人想愈跑愈快、甚至邊跑邊尖叫！

一大早，我們倆就在熱鬧的溫泉街亂跑亂竄，看在別人眼裡一定很不像樣子。

最後，我們都累得再也跑不動，站在路邊喘著氣。

「老、老師……暫停！別玩了……」

「誰、誰在玩啊……誰叫妳一直跑。」

不知道是不是彼此的模樣都太狼狽了，我們倆忽然邊喘邊笑了。真奇怪，前兩天和老師相處，還不覺得哪裡怪。怎麼今天忽然發現，和老師相處很輕鬆、很愉快，那種愉快是沒有理由的，莫名奇妙地感到快樂。

「換書商店就在那了。」

「嗯，去看看吧。」老師貼心地遞給我一小包面紙。

「謝謝……」

認識老師才幾天，他這人怎麼不是遞手帕就是遞面紙，這些貼心的舉動不都是由女孩子做的嗎？但為什麼他做起來一點也不女孩子氣，反而還覺得有點帥。

嗯？我剛剛覺得老師帥了嗎？這怎麼可能！他都可以當我爸爸了，我這想法也太恐怖了吧！

我用力甩甩頭，想趕快把這想法甩出去，然而一看見老師疑惑的表情，我就更加緊張了。

「我、我在看看附近有沒有什麼景色啦。」

「喔。」這次，我發現老師沒有再失禮地嘲笑我了，而是變成一種輕輕藏在嘴角的笑，我刻意忽略那抹笑容，直奔換書商店。

「老伯、老伯——！」

「來啦。」

我還以為老伯會像鬼魂一樣，只出現在昨晚就消失了，此刻看老伯活蹦亂跳的，站在太陽底下也沒冒青煙，內心真是鬆了口氣。

「今天還帶了朋友啊。」

「他是我補習班的老師，他也想來這看看，可是今天好像沒有書可以換耶。」我瞥了眼依舊空蕩的書攤，有點失望。

「這商店，可不是隨時都有得換，得要有緣份才行。」

這次，老伯沒再邀請我進入那間破爛到不行的屋子，逕自往旁邊的小路走，我們默契地跟上。

我偷瞥著老師，發現他很安靜，表情也做好傾聽的準備，就和前兩天傾聽我抱怨時一樣。他是不是經常這樣呢？到處聽著別人說話，那他自己呢？仔細觀察就會發現，偶爾，他的眼神會透露出一種憂鬱感，但只要一說話，那種眼神就會消失，就好像他從沒真正展露過自己一樣。

老伯清了清喉嚨，說道：「昨晚就告訴過妳了吧？我已經繼承這商店五十年了。繼承以前，我也是個換過書的人，然後，我也許了願。」

「那老伯你許的願有成真嗎？」我忍不住發問。

「不知道啊，可能有吧。不過當時我換了書之後就已經決定，若是願望成真，我就繼承這家店。」

果然有嘛，幹嘛講話講一半。但照他這樣說，我的願望難道也會……看看我這腦子，一不拿來念書，就只會想那些亂七八糟的事。

「我很快就繼承了，因為當時的老闆已經命在旦夕，但我卻是過了十年才知道，我的願望有沒有成真。」

「那個老闆就這樣免費給你了？」我問。

「是啊，妳可以去看書攤後面的隔板上，都有歷代老闆的名子，上頭現在就有我的，繼承這書攤其實什麼也不用做，就是每天幫忙祈禱，希望它能順順利利的就行了。」

「老伯，你唬我的吧？老師，這麼扯你信嗎？」

「我……不知道。」老師一臉茫然，看起來他似乎還在消化願望會成真的事。

「那不就繼承的人都得住在那棟屋子裡祈禱了？難怪房子都那樣了，你也不搬。」

老伯一聽馬上搖頭，「我只是想著，反正我年歲大了，什麼時後兩腳一蹬就走了，何必去計較住什麼屋子呢？繼承的人，無論在哪裡都行，這書攤會自己好好的，不需要人擔心，也不需要特別看顧，只要祈禱就夠了。」

「那得要真心的祈禱才行吧。」老師忽然說：「就像信仰的存在一樣，只要衷心的禱告，總會發生不可思議的事。」

「是啊，可能是這樣吧。我要去山裡走走，你們就不要再跟來了。」

我突然覺得好失望，老伯昨晚還好像藏了什麼祕密一樣，神祕兮兮的，現在聽完，卻覺得好無趣，原來只是這樣而已啊。

難怪人家說，有些夢幻的故事，還是不要知道得太仔細比較好，這樣一點浪漫的感覺都沒有了。

「好了，現在，換我要去個地方了，妳來嗎？」

「當然啊！老師你可不能反悔！」

重新提起勁，一下子就把老伯說的話拋諸腦後，也忘了問問他，到底許的是什麼願、而願望又是怎麼成真的。

*

我以為老師會帶我去什麼好玩的地方，沒想到卻是墓園，他要我別跟進去，我就這樣一個人在墓園外，看小說打發時間。

這墓園裡住的是誰？為什麼老師會來？又為什麼不讓我一起進去？我有太多、太多的為什麼了，一旦對老師產生疑問，一不小心整個腦子都是他。

我有一頁沒一頁地翻著。忽然，我這才注意到好好的愛情小說竟然在書角的左頁全都畫了小小的火柴人，快速的翻動起來。就是無聊又蠢的小動畫，而且還畫得很醜，完全破壞了這本書的美感。

昨天我拿到書太興奮，都沒注意到，現在一發現這個瑕疵，心情都不好起來。原本的書主為什麼要這樣亂畫一本好好的愛情小說啊，他對這本書一定沒有很珍惜，所以才會亂畫又拿出來交換。

「幹嘛？等得太久，都等到心情不好了？」老師走了出來，由下往上看著他那背光的臉，一瞬間，我明白自己今天為什麼老覺得胸口怪怪的了，那不是怪怪的，那是緊張到心跳加速，加速到會疼痛，我明白那個感覺，那並不陌生。

「啊？」

「把手給我。」他伸出了手，我不由自主地，握住那份溫熱。

當他的手觸碰到我的那一秒，彷彿有電流從指尖滑過，那股電力更加刺激了狂跳的心臟，好像隨時都會穿透胸口似的。

「怎麼了？臉突然那麼紅，是不是太陽曬得太久了？」他摸了摸我的臉，擔憂地說。

「老師，你再這樣對我好下去，我喜歡上你怎麼辦？」我從來不是直接的人，話一說出口，我也被自己坦白嚇到。

老師愣了愣，手慢慢收了回去，「傻孩子，是不是被太陽曬壞了。走，今天去看海吧，這裡的海景很美，包準妳看了不後悔。」

老師騎著租來的摩托車，來的時候我們兩人氣氛自然，現在因為我剛剛那句衝動的話，我都能感覺到空氣充滿了尷尬。

「老師，你來看的那個人是誰？」我轉移了話題。

「是一個……老朋友。」

「該不會是死去的戀人之類？」

「妳想太多了，怎麼可能。」

「因為你從裡面出來後，表情很悲傷啊。」

「失去了朋友，沒人會快樂的，尤其他是一個很好的人。」

雖然老師背背對著我，但我可以從他的聲音感覺，這個朋友一定對他很重要吧。

雖著車速加快，巨大的風聲讓我們停止聊天，一路飛奔到某處山路中央，在那裡有個小小的觀景台，從這看出去的海，美到讓人說不出話。

「好、好漂亮啊！」

「這可是以前我那個朋友推薦的，說我以後啊，要是有了女朋友，就一定要帶她來這裡。」

「女、女朋友?!」

「不、不是……我雖然還沒帶我女朋友來過，但是……妳別想多，我只是在陳述一個回憶而已。」

不知道為什麼，看他愈是那樣解釋，愈是把他女朋友掛在嘴邊，我的心情就愈低落。

「老師，我就不行嗎？」

「妳只是這兩天心情不好，對我產生了移情作用。」

其實我根本不知道什麼是「移情作用」，但想也知道，那肯定是老師在敷衍我的藉口。

我把視線放回海面上，藍綠色的海灑著陽光的反射，看起來閃亮得就像寶石，可我已經無心欣賞。

我覺得自己突然一夜之間像生病了一樣，明明昨晚我還為了何舜文那樣對我難過得要命，現在卻又突然對老師產生感覺，才剛有感覺，就馬上感到難過。

「明天，回去之後好好回歸妳的生活吧，妳會發現，這感覺只是一時的，因為現在的妳很脆弱，很多男人都能在這種時候對女生趁虛入，就是這個道理。」他摸摸我的頭，表情完全沒把我當成女人，明明我今天都特別打扮過了……

嗯？難道早上起來的時候，我就已經……不對呀。

我覺得這好像哪裡有什麼詭計一樣，但卻始終找不到半點線索。

＊

抱複雜的心情回到飯店，老師沒再邀我一起吃晚餐，我有些賭氣，就這樣一直待在房間，想著餓個一餐又不會死。

直到晚上九點多，他突然來敲了我的房門。

「我問了旅館的人，他們說妳今天晚餐都沒下來吃？開門吧。我幫妳煮了泡麵。」

一聽到「泡麵」這充滿魔性的字眼，我立刻就開了門。

「好香啊！」我立刻捧著麵吃了起來！完全沒發現，老師就這樣在旁邊盯著，直到我吃完。

「老師，你是不是也想吃啊？」

他又失笑了，「妳能不能不要老是說出這些無厘頭的話？」

從前對愛情反應慢、然後又被動的我，不知道是怎麼了，好像有股隱形的力量催動著我，就好像身體和意志，都被人偷偷裝上機器人的心，被控制了，才會一直讓我不由自主地，說著一些不像我的話，就連身體，都要不受控了。我不發一語地看著老師，一步一步，走到他面前。

「妳……」

我笨拙地親了老師，讓他還來不及發問，就被我堵住了嘴。當我們的唇碰上的瞬間，我們都明顯僵硬了一下，我的腦子也幾乎當場炸開來！

我到底在幹嘛啊！

我的內心徹底崩潰，幾乎快把自己的靈魂炸成兩半，剩下半個靈魂在旁邊發瘋似的亂飛亂叫。事實上，我和老師誰也沒動，這個吻看似持續了很久，其實只是兩個人的嘴唇相互貼著而已。我試著輕啄，忽然，老師一把將我推開，他的臉色鐵青，一句話也說不出來，轉頭就迅速離開，好像我是什麼瘟疫一樣。

我呆愣在原地，原本內心還崩潰到吼叫的我，一下子，被老師突然丟下，什麼情緒都被澆熄了。

「十二年，很遠嗎？遠到你完全無法喜歡我？」

我洩氣地躺在床上，遲來的羞辱感，在這一刻才找回了主人，把今天的所有行為都回憶了一遍後，我煩躁得再翻翻小說，這下終於發現哪裡不對勁了——那句話不見了！那句話，明明寫在第一頁上面，問我「想要換什麼」的話不見了！

我把房間的燈開到最亮，近距離的看著第一頁的空白處，怎麼看都沒有曾經有字寫在上面的痕跡，我記得很清楚，那是手寫字，但不管我現在怎麼看，不只沒有字，背面的書頁上也沒留下寫過字的印痕。

「這怎麼可能呢……」

心裡雖然有個衝動想再去找老伯，但這種對未知事物的恐懼竄了上來，我覺得很毛，也覺得很不安。

字消失了，然後我隨口的一個願望，好像正在以很奇怪的方式，慢慢入侵我的身體、深植我的靈魂。

「太可怕了。」

我抱著小說，忽然想做一個實驗，昨天我有看了小說，晚上還做了奇怪的夢，那如果今天我不看小說，那還會作夢嗎？

我覺得那個夢，絕對跟字消失、還有我變得怪怪的有關，也和這麼衝動強吻老師有關。

我把疑點寫在筆記本上，抱著不安以及還在羞恥的心情入睡，閉上眼以前，我發現我居然在回味那笨拙的一吻，久久無法入睡。

＊

一夜無夢。

我睡到早上自然醒，老師還沒來叫我，或許他為了躲避我，就直接自己回去了也說不定。我走到鏡子面前，看了看自己，很好，我還是我，什麼都沒變。再走去打開小說，那一頁的字還是沒有回來。

今天的我不再刻意的打扮，收好東西走下樓後，看見老師已經在大廳等我了，他隨手丟給我一個麵包，說著走了，這過程之間，他沒看過我一眼，一眼也沒有。

內心那小小的自尊心，又在作祟了。

我真的那麼不好嗎？不好到何舜文輕易就甩了我、連老師也對我的主動進擊毫無反應，會不會，我會這樣孤單一輩子，再也沒人喜歡我了？

一路上我們都沒有說話，這份尷尬好像只要習慣了就沒事一樣，氣氛就這麼持續的凝結著。來的時候我們快快樂樂，為什麼才兩天的時間，我們又變得不快樂了。

一上了火車，老師立刻就閉著眼睛睡著，這一次，老師把窗邊留給了我，盯著他經過半小時已經沉睡的臉，明明看起來就不老啊，為什麼要老是裝出大我很多歲的樣子？是因為那個女朋友嗎？她到底是多好的人，讓你這麼的喜歡？我好羨慕她，從一開始我就很羨慕她，羨慕她能有一個，這麼愛自己的男人。

盯著盯著，我又偷襲老師。

但這次只有臉頰，反正他也不會知道。

9

我回家了。家裡的氣氛很奇怪，媽若無其事地煮了晚餐，爸也一句話也沒問，三個人心照不宣，吃得胃都痛了。

飯後，媽媽把我叫到了客廳，我很緊張，心想果然還是要來處罰我了！

「林老師說，他看見妳站在火車軌中間，家裡有逼妳逼得那麼緊嗎？」

「沒有……」

「妳一直沒考上，我也讓妳繼續上補習班，妳還覺得哪裡不夠、要讓一個外人來告訴我，我們的女兒要自殺？」她的音量突然變得尖銳又刺耳。

我怔怔看著媽媽，忽然明白為什麼她會那麼輕易答應老師了，**因為很丟臉**。她覺得我很丟臉，已經這麼丟人現眼了，她不想在外人面前展露出她的憤怒。

「而且，自殺的原因還是因為一個何舜文？那種小情小愛本來就不長久，不管你們會在一起多久，妳最後還是得跟妳爸安排的對象結婚。」

什麼嘛，這番話為什麼我怎麼聽都覺得可笑啊。都什麼年代了，以為還在民初、還在戒嚴嗎？為什麼我以後要跟誰結婚，還得由爸決定啊。

腦海莫名想起，幾年前那些要求解嚴的人，最常喊的一句話：自由。

原來這就是沒有自由的感覺，我不能選擇自己的未來，連以後要結婚的人，都沒得選。

我一直假裝不知道，以為只要努力上了大學，一切都能掌握在我的手上，但到頭來，至始至終我都沒有作夢的自由。只是剛好，我原本想要考大學的夢，符合了家裡的期待，就只是那樣。

「那如果，我有考上大學呢？你們還會要我去結婚嗎？」

媽媽皮笑肉不笑，讓我感到好陌生。「我們原本的想法是，妳如果真的那麼會念書，那就念個碩士就好了，碩士的話，能選的好人家又更多了。但如果要往上念到博士就不行了，女孩子念得太高也會沒人要。只是妳現在只有高中，會讓妳先隨便去工作也是因為，高中要找的合適人選不好找，妳爸想選的人，未必會要妳！」

在她的口中，我變成了一個廉價的叫賣商品。什麼女兒、什麼母親，我還以為家裡還是關心我的，沒想到……

我起身，立刻被媽嚴厲地喊住，從小對她的懼怕，讓我反射動作得一動也不敢動。

「妳給我站住！我話還沒說完妳要去哪？我告訴妳，從今天開始，妳是不可能再隨便逃家的，妳的房間我也裝了鐵窗，就算妳想跳下去摔死也沒可能！以後我會負責接送妳去補習班，剩下幾個月，這次妳沒考上，可別怪我們給妳選的對象不夠好。」

媽忿忿地吼完，立刻把爸爸叫進房間裡討論我的事，那些內容，不用細聽也知道。

我看著客廳的電視機，凸面的形狀反射著我的臉，很扭曲，就跟這個家一樣，扭曲得我都不認識了。

不，應該說，過去的我，一直在念書、一直活在自己幻想的生活中，根本沒注意過，這門外始終都有層層的隱形枷鎖，鎖著我。

我回到房間，原本心情不好就會想聽小虎隊的歌，但現在，我對這些東西忽然一點興趣都沒有了。

一個不再自由的人，就算對什麼感興趣又如何，我只能看，卻不能伸手去抓。

我拿出《以愛為名》，這本小說雖然很詭異，但也只有它代表了我個人的自由意志。只有它，是我自己爭取換來的東西。

要變就變吧，最好讓我變成一個，把這個家鬧得雞犬不寧的人。

*

一早，我面無表情地吃著早餐，雖然昨晚又做夢了，我卻一點印象也沒有，只感覺一定跟和小說內容的有關。

其餘的心思，則是有點期待去補習班，見到老師這件事。

只可惜，早上幾度休息時間，我都沒在補習班看到老師。中午，我利用著午餐休息的時間，偷偷跑去附近的相館拿照片。還好昨天從車站回家前，我偷繞去相館，把底片拿去洗，我猜老師應該也發現我偷了相機，因為我想留個紀念，那幾天的知本旅行，一定會是我這輩子最珍貴的回憶，裡面藏了我開心的、羞恥的、緊張的各種心情，我不想要有天忘記自己的勇敢，所以才趁老師睡著的時候，偷偷拿走了。

在相館一張張檢查照片的時候，我驚訝得忘了呼吸……

那裡面，居然有一半都是我！

都是老師偷偷拍下的我。有剛到旅館時驚訝的我、看星星的我、還有在墓園外，抱著小說發呆的我、又或者是看海時的我……那些時刻，我完全都沒發現老師有拿相機，而且每一張照片都很自然，我第一次知道自己也會有那些表情。

「為什麼……會拍我……？」

心情複雜得要命，我連午餐都沒來得及吃，便趕快回補習班，下午的課我根本沒在聽，腦海一直在想著這些照片，想著老師。

又到了休息十分鐘的時間，我緩慢走出教室，一不小心，撞上了人。

「對、對不起！咦……老師……」

是老師，林老師。那個拒絕了我的強吻，又莫名奇妙拍了很多我的照片的老師。

老師若無其事地看了我一眼，「同學，走路要看路啊。」他輕鬆又疏離的語調，說得讓我難過。

轉頭，他已經走去辦公室。我似乎明白，他想告訴我的意思：我們是不同世界的人。

而那份不該有的心思，都該讓它慢慢風化，誰都別再提起。

生活。

「你們覺得今天林老師特地宣布自己要結婚這件事，會有多少女生傷心？」

「應該不少吧，你沒看今天休息時都沒女生去找他搭話了。」

「唉，真不懂那些女生耶！」

其他學生的閒言閒語，讓我徹底不再抱希望。

拍了我的照片又如何？就算真的有心動又如何？我逃不出我的枷鎖，老師也不可能放棄他的生活。

＊

整整一個星期，我都覺得自己是個不需要有個人思想的人。

媽媽每天都準時來接我，回家除了吃飯時間以外，都不被允許離開房間，因為他們看見我就有氣。晚上睡覺時，還會把我的房門反鎖，以確保我不會再做出讓家裡丟臉的事。

我不知道監獄是什麼樣，但我現在也跟犯人沒兩樣，我有時會想，會不會那場知本旅行是我人生唯一自由的日子。

我還是，經常在補習班看見老師，他看起來已經回到了自己的生活，而且看著我的時候，依然像看著陌生人，那本小說我看了一大半，最近愈發沒有心情解讀它了，有時拿起來，只是發呆地翻著書角，看著那愚蠢的火柴人，跑來跑去的模樣。

這一個禮拜我只作了兩次夢，每次清醒過來後，我都感到胸口的疼痛，又更加重了一些，那種感覺無處宣洩，全都積在左心房。每每看到老師時，它們又會縮得更緊，彷彿就快窒息。

躺在床鋪上時，我更會幻想，如果能在天花板上開一個洞就好了，讓我逃出這裡，這裡沒有一個人了解我，真正了解我的人，恐怕只有老師一個了。

忽然，教室外在這時出現了一陣騷動，我好奇跑出去看，只見一群學生包圍著一名穿著很時尚、長相還和周慧敏很像的女人。

「哇——好像周慧敏喔！」

「妳是老師的未婚妻嗎？」

「老師也太幸福了！」

女人嘴角弧度剛好的微笑，就像偷偷練習過一樣完美，「你們真會說話，這些是我帶給你們的伴手禮。」

「是國外帶回來的耶。」

「這是什麼糖果啊，看都沒看過！」

老師的學生拿著禮物就跑了。接著，老師突然從我後面走出來，就這樣在我面前，筆直地走向女人，走向他的未婚妻。我覺得我的心，都碎了。

「就說了不用來接我的，走吧。」

「誰叫我很想你。」她小聲在他耳邊低喃，兩人就這樣走出大門。老師，沒有轉頭看過我一眼。

下午的課，我在桌上趴睡一下午，最後還被叫去訓話，說等媽媽來，要告訴她我今天的不良狀況。

「不懂人間冷暖的小孩就是這樣，拿著父母的錢來補習班睡覺，現在的小孩喔……」聽著李老師左一句小孩、右一句小孩的，我很不甘心，卻沒辦法反駁他。

對啊，我就是幼稚又什麼都不懂，如果拿父母的錢過日子很快樂的話，我還真想讓他交換我現在的生活！讓他知道，即使這個社會解嚴了，但我在家裡還是戒嚴的感覺，是有多痛苦！

「李老師，你話說得太重了吧。」明明中午已經和未婚妻離開的老師，不知為何又回來了。我現在的表情是什麼？一定狼狽又丟臉，居然被他撞見我被罵的模樣，他這個人為什麼老是要在我最悲慘的時候出現呢？我也很想在他面前漂漂亮亮的，就像他的未婚妻一樣。

「林老師，你不是回去了嗎？」李老師顯然不想回答，轉了個話題。

「我有東西忘了拿。對了，嚴同學，上次妳跟陳志偉說想要借的講義在我這，我放在車上，妳跟我來拿吧。」

我愣了愣，有點搞不清楚狀況，忙不迭送地跟著他走出去。

我走在老師後面，看著他高大的背影想著，他又多管閒事了，他為什麼就不能放著我不管就好了呢？

「老師，傻瓜相機被我拿走了。」

「我知道。」

「我也看了照片了。」

「嗯。」走到了車子邊，「妳媽也差不多快來接妳了吧？快回去吧。」

「你知道？」

「妳媽總是那麼準時來，每個人都知道吧。」他眼神飄忽，刻意不看我的眼睛。

「為什麼要拍我？」

「……」

「為什麼要躲我、裝不認識我？」

他嘆了口氣，無奈的表情，更讓我更生氣。

「整天說我還小什麼都不懂，在我看來，你根本就不像大人！因為，你連承認自己心情的勇氣都沒有！」

這句話，成功讓老師的視線轉到我身上。很久沒有對望的我們，這一眼，就像望進了一個深淵黑洞，彼此吸引著彼此的靈魂，永無止盡。

倏地，他像看到了什麼，迅速抓著我往旁邊的防火巷跑，等轉出了巷口，他才說：「妳媽來了。被她看見，恐怕妳連來補習班都不行了吧。」

「你是在擔心我嗎？」我偷偷笑了，笑的原因是，他一直都沒放開從剛就抓著的手，他的掌心有點粗糙，卻很溫暖，我希望我們能一直這樣牽下去。

「抱歉。」

「抱歉什麼？」

「我以為妳的家人，是真心同意妳去旅行的，但我好像錯了。」

「我不懂對錯，我只知道那是我最快樂的一刻。」

我們靠著牆，看著車子往來，一直忘了放手，讓彼此的溫度交換，氣氛變得愈來愈曖昧。

「我也不知道自己為什麼會拍下那照片，妳就別再問為什麼，忘了吧。」他還是放開了手，他的手溫瞬間消散，我想抓住，卻想起那次偷親他的結果，讓我怯了步。

「我喜歡上你了！」

「可是，我不能喜歡妳。」他這次沒有再逃避，而是低著頭，壓抑地說。

「為什麼？」

「妳還太小了，不會懂的。」他苦笑地摸摸我的頭，「大人的世界，太複雜了。」

「你不說，我當然不會懂，而且那和我的年紀一點關係也沒有，大我十二歲，一點都不複雜，不就是一輪而已嗎？我犯太歲的時候，還可以順便約你一起安太歲，這有什麼複雜的？」

他愣愣看了我幾秒，突然大笑起來！就和那幾天一樣沒禮貌。

「妳、妳……妳怎麼可以老是這麼幽默？」

「我沒有幽默，我是認真的！」

我的臉愈是認真，他就愈笑得停不下來。

「啊、不行了，太好笑了！我啊，已經有好幾年沒有這樣開懷了，認識妳之後，快樂變得好容易。」他抹了抹笑到流淚的眼睛，脫口而出。

我猜，這應該是老師第一次，說出了自己真心。

我繼續緊靠著牆壁，自然地重新牽起他的手，「那就不要再放開我了，知道嗎？」

心跳，彷彿瞬間忘了要繼續跳，我緊張得等待著，會再次被甩開的瞬間，但下一秒，他卻是握緊了我的手，用來代替所有的回答。

我知道，這一刻我們準備要邁向一個很可怕的未來，那裡面痛苦是絕對，然後悲傷是配樂。但我只求，在這些東西之外，我能再和老師，多一點點的時間在一起就好了。

我從沒這樣不顧後果過，也從沒這樣喜歡一個人過，這跟對何舜文的感覺完全不一樣，我很清楚，我……我就是想自由地選擇一次，即使枷鎖擺不脫，我還是想叛逆地，忠於自己一次。

我踮起了腳尖，這一次沒有任何力量驅使我，而是我自己鼓起勇氣，想要吻老師，還沒踮腳到夠高的高度，他已經緩緩彎下身來，覆上輕柔的一吻。

深深地，溫柔的，一個吻。

*

我被罰不准吃晚餐，一回家就被媽媽反鎖關在房裡，一路上她罵了很多難聽的話，我都假裝聽不見，也無所謂。因為這是個美好的一天，我不斷在腦海複習我和老師說的每一句話，還有他每一瞬的眼神，以及努力回味那個吻、那個溫度。

「沒救了，她沒救了！都這樣了還不用功、還會想辦法逃課，老師也說了她今天在補習班都在睡覺！」

「那就別讓她去了吧，反正也是浪費錢。」

「這怎麼行，離考試就剩沒幾個月了，現在放棄，那之前的補習費不都付之流水了？你就是這樣沒有金錢觀才會亂借錢給朋友。」

「這跟那個是兩碼子事，妳現在又要拿這件事來吵嗎？」

「我就是要吵，你又耐我何？」

砰！

我聽見房門被用力關上的聲音，這才讓我回過神來。

悄悄把耳朵貼在房門上，我似乎聽見媽啜泣的聲音，內心一股罪惡爬了上來，緊接著一陣朝我房間走來的沉重腳步聲，讓我迅速退回到書桌前，假裝認真念書。

喀啦，反鎖的門被打開了。

媽媽哭得兩淚縱橫，和平常威嚴的她，完全不同。

「媽……」

「妳知道嗎？我跟你爸，也是爸媽媒妁之言結婚的，這二十幾年來，我們也只有習慣，卻沒有感情。我要妳好好讀書、逼妳讀書就為了能讓妳有好的學歷，才能稍微有點權力，選擇自己的男人。」

「只是稍微嗎？妳要說的應該是，從爸說的名單中選一個吧。」

「這樣還不夠嗎？三個選擇，比起沒有選擇，哪個好？這就是女人的命！但媽希望妳能在注定裡自由一點，難道錯了嗎？」

我想說：「那根本不是自由。」但看著媽那傷心欲絕的表情，我再也說不出叛逆的反駁，而是覺得，也許我該好好念書，讓她開心一點。

「媽，別哭了，我錯了。」

她忽然抱著我，我嚇了一跳！她上次這樣擁抱我，已經不知道是多少年的事。我動搖了，面對這樣的媽，我真的動搖了，也許她真的只是想為我好，只是她比較嚴厲。

我們難得的，有了很多教訓以外的對話，她還熱了晚餐給我吃，久違的母愛讓我認為，這也許是我最幸運的一天了。

「我會考上的，今年絕對會考上。」

「好，乖。」她摸摸我的頭，離開房間後並沒有再把門反鎖。

這一晚，我心情很好的，把小說一口氣看完了。由於太期待隔天的到來，所以早上起床時，我忘了去回想有沒有作夢。

媽依然準時送我去補習班，我想我會聽她的話最大的原因之一，就是她堅持讓我補習吧，這樣我才能繼續看見，我的老師。

「老師。」一見到他，我若無其事地打招呼，他看起來慌亂了一下，假裝沒事點個頭。我輕輕偷笑，原來老師也會害羞。

中午，他先離開了補習班，我過了一分鐘才悄悄跟上，走到昨天我們躲的巷口，他果然在那裡等我！我喜歡我們這樣不用言語的默契，好像我們已經認識很久。

「要不要吃麥當勞？」

「好啊！」速食店現在很流行，可我卻一次都沒吃過。

買了外帶之後，我們就去旁邊的公園聊天。即使話語有一搭、沒一搭，即使我們沉默下來，我也不覺得尷尬，和老師相處最自在的，就是什麼話也不用說，卻都能知道彼此在想什麼。

「老師，你到現在都還沒說。」

「說什麼？」

「當然是說、說……喜歡我……之類的。」

他一臉認真地看著我，我緊張地紅了臉。但他卻輕輕抹掉我嘴角的漢堡渣，「該回去了。」說完，還露出了很邪惡的笑容。

他一定是故意的，真的很幼稚。

「等我！」

我追上他的腳步，他自然的牽著我。

就在這時，一張扭曲的臉擋在我們面前！

「媽……」我心跳猛一抽，臉色立刻發白！

「妳、妳……」

「媽……妳、妳聽我說……」

「阿姨，妳也聽我說，我對她是認真的！」在這種驚嚇到誰都說不出話的場面裡，只有老師，是唯一可以把話完整說完，然後表情堅定的人。

「你在說什麼鬼東西！妳給我過來！」媽拉回理智，她的聲音比平常還要尖銳、還要歇斯底里。

「我也是認真的！」

「你、你們像什麼樣子！老師跟學生……還有沒有道德倫理啊！一定是你拐騙我的女兒！」媽一把用力的抓住我的手臂，指甲用力刺進我的皮膚，鮮血也慢慢滲出來，可是我卻感覺不到痛。

我被她硬生生拖上車，在剛開車的瞬間，我打開車門跳下來！我肯定是瘋了，才敢做這麼離譜的事，但我知道如果我不跑，這次回家也許就再也出不來了！

嘰——！

刺耳的煞車聲震著我的耳膜，我只能眼睜睜地，看著一台煞車不及的汽車朝我撞來……

10

我很像做了一個永無止盡的夢。那個夢裡，有很繁榮的城市，繁榮到就像人人想去的台北一樣華麗。

夢裡的我，站在車水馬龍的大城市中，卻在裡面找不到任何可以回去的歸屬，每一盞燈火都是那樣的陌生，只有我一個人，孤獨得讓我好想就這樣死去。

我忽然想不起自己是誰，好像我出生在這個世界就是一個人似的。我坐在天橋邊，看著底下的車子快速經過。想著，如果這個世界沒有人在等我，那我就從這裡跳下去好了。

這種尋死的感覺似曾相識，似乎不是第一次這麼做了，但我卻想不起來，上一次這麼做，是什麼時候。

但心情肯定是一樣的。

一樣孤獨，一樣絕望，一樣……

——「妳回來，好不好？」

一個聲音，彷彿從天而降，我四處尋找，卻找不到聲音的來源。

「我已經，不想再跟誰說再見了，妳回來、妳快醒來好不好？」

這個悲傷的聲音，也勾起了我的悲傷，我的臉上莫名流下眼淚，胸口還出現了熟悉的疼痛。

我感覺，我好像得去他說的那個地方才行。倏地，一道比太陽還刺眼的白光乍現！我的眼睛被光刺得睜不開，在這瞬間，很多記憶都回來了，包括這個聲音的主人是誰，也想起來了。

「老師……」我喊出口的瞬間，才發現自己哪裡還在那個城市，而是躺在病床上。而老師正兩眼發紅地坐在我旁邊，我想開口喊他，才感覺到我根本不能說話，我的喉嚨上插了一根管子，非常難受，我痛苦得動了動手，才讓老師注意到我。

「妳醒了……妳終於醒了！我馬上去叫醫生！」

我根本不知道自己怎麼了，只知道全身到處都很痛，好像全身的骨頭都散了，其他很多地方也都動彈不得、還插滿了很多管子。直到喉嚨上的管子拔掉後，我又被推去做了很多檢查，等再回到病房時，看到的卻是蒼老許多的媽媽。

「醫生說妳今天最多只能先喝點清粥，在這之前妳先喝水吧。」她的聲音聽起來很疲憊，卻沒有半點責罵，我有很多事情想問，但我的喉嚨很痛，醫生也囑咐過我，暫時還不能說話。

喝了水舒服了很多，我還是只能沉默地看著媽媽，一句話也說不了。

她在醫院裡待到晚上才離開，說她隔天早上會再來，要我有什麼需要就按鈴。一切都交代完後，冷清得只有我一個人的病房，安靜得非常可怕。

我很想知道，我躺在醫院幾天了，想知道我受了多重的傷，還有……我跟老師的事，現在怎麼樣了……

我聽見房門被拉開的聲音，看見老師偷偷摸摸地溜進來，眼神對視的瞬間，抵過了千言萬語，他看起來也是一臉憔悴，到底我這魯莽的跳車行為，釀了多大的禍……

「我知道妳一定有很多話想說，這個給妳寫。」他溫柔摸摸我的頭，小心地把我扶起來坐著，看著筆記本和筆，我莫名想哭。

「怎麼了?別哭，什麼事也沒有發生，真的。」他邊說邊握著我的手，「妳跳車之後，被後面的車撞上，身上有多處骨折，妳一度昏迷，所以才被插管。昨天，醫院發出了病危警告，說妳如果過了今晚還無法脫離昏迷的話，接下來情況會很糟糕，所以，我才……」

啊，那個聲音，真的是老師，是老師把我從那個未知的世界叫回來的。

『我聽見了，你要我別走。』

「謝謝妳回來了，真的……」他把我的左手握得很緊、很緊。好像不這麼做，我很快又會消失一樣。

「我來看妳的事，妳爸媽並不知道，他們在這兩個多禮拜也都沒來找過我，我有個朋友是這裡的護士，是她偷偷告訴我妳的情況。我……我很後悔，從一開始，我就不該牽妳的，這樣妳也不會……」

我用力的搖了搖頭，『老師，你還欠我一句喜歡。』

「……」他沉默的低下頭，然後鬆手起身。

我急了，不顧喉嚨又痛又沙啞，急著開口，「老師，我……喜歡你，你喜歡我嗎?」零碎的聲音，每一字都說得吃力，就是為了把我的心情傳達給他。

他轉過身，「出院後，就別再找我了，妳的未來還很長，這件事現在也沒傳開，妳的未來還是好的。」

「自、由……」我覺得喉嚨就快燒起來了，乾脆我忍著全身的傷想下床阻止他，他一聽到動靜，總算回過頭來。

「別這樣，別再傷害妳自己了！」

我迅速在筆記本上潦草寫下：『如果你也喜歡我，一個星期後，我會在和平公園等你，我們這次一起走，再也不回來了，好嗎？』

「我不會去的，妳也別去，好好養傷。」

眼淚，幾乎停不下來，我只能擦著淚，急著想要再寫更多的話給他，『你的手帕我還沒還你，你的照片也都還在我這……』

「那些，我都不要了。我會離開這個城市，我們不會再見面，我也會跟我女朋友如期完婚。」他眼睛不再看著我，表情漸漸冷漠下來。

『你不是說，你對我是認真的嗎？』

我無力的寫下這句話，等著他的回應。

他別過眼，「我明天就會走了，今晚就是來告別的，再見。」他拿走筆記本，就頭也不回地走了。

我痛苦地哽咽，連哭聲都喊不出來。不死心地，我慢慢下床，每往前走一步，全身的傷口好像都在撕裂，尤其是左腳一碰地就痛，但我還是想知道，他是不是真的走了……

為什麼呢？

為什麼我會這麼無可救藥的喜歡老師呢？為什麼我們什麼也沒做，卻讓我這麼執著、這麼放不開呢？為什麼……

『我希望能交換像朱影紅那樣的愛情，狂熱得愛上誰以後，然後變成一個成熟的自己。』

當初無心許下的那個願望，在腦海裡浮現——狂熱得愛上誰，原來是一件這麼痛苦的事。痛苦，卻奮不顧身得連自己都不敢相信，就好像這個人從很久很久以前，就已經住在我心底一樣，我願意為了走向他，腳踩荊棘也無所謂。

嘩啦——

吃力的拉開房門，只見老師獨自抱著筆記本蹲在旁邊，他吃驚地看著我，下一秒他小心抱住了我。

「妳為什麼老是喜歡做這麼衝動的事？傷口裂開了怎麼辦！」他把我抱起來，一步步抱回到病床。

「乖乖養傷，等我。」

我愣了愣。

這次，他不再閃躲目光。我發現，他每次要說真話的時候，就會這樣。

「我喜歡妳，沒有理由，也想不出理由。打從第一次，見到妳絕望地站在鐵軌上時，我就是沒辦法丟著妳不管。」

一句簡單的告白，一個不需要再更多解釋的眼神，我知道他一定會去公園，去那個象徵著自由的公園。

或許是突然安心下來，我疲憊地閉上了眼睛，一下子就進入了有著美好的夢境中，這次的夢一點也不痛，夢裡的我們很幸福、很快樂。

過了兩天，我已經可以順利說話，但還是跟每天來醫院的媽媽一點話聊都沒有。

「媽，現在是幾號了？我對日期有點模糊，我到底住院多久了？」

「妳問這些有意義嗎？」

「我的小說妳有幫我帶來嗎？」我換了個話題，她這才把那本《以愛為名》放在床頭，就走了。

我一直沒看到爸來過。我猜，他也許永遠都不想看到我的臉，我做了這麼有辱名譽的事，他應該恨死我了。

不過沒關係，我很快就會消失在他們的視線了，他們到時可以徹底當我死了。

我在心裡一天天計算著日子，每多熬過一天，我都覺得興奮，並努力讓身上大大小小的傷口能好快一點。

這幾天我開始能擦澡，發現我的身體有幾處，都有開過刀的痕跡，我整個身體就像重新縫補過一樣，看得我觸目驚心，沒想到那一跳，居然會這麼嚴重。

但我沒死，而且還能跟老師在一起，這樣就值了。

我翻著《以愛為名》，這幾天我都沒再做過故事內容的夢了，那一定是因為，它已經實現了我的夢想的關係。而我一開始還害怕我變得不是我，想來真是想多了！

我還是我，那個原來的我。

一點點不一樣的是，我心裡已經有了一個，決定愛一輩子的人。

就是明天了，我已經可以在醫院內走走路，最遠可以走到視聽室，可以跟其他病患一起看電視，我最喜歡看《青青河邊草》，然後跟著大家一起又哭又罵的，心情很好。

這就是人家說的，只要一戀愛，全世界都會變得美好吧。

晚上媽媽照例離開，這一個禮拜我們依然什麼對話也沒有，我雖然很想跟她說兩句話，但最後還是沉默地看著她走。

「媽，對不起。」

一早，我偷偷的換上衣櫃那套要讓我出院穿的便服，手術過的傷口，也在昨天拆線，預定再留院觀察一、兩天我就能出院了。所以就算我現在換了便服偷偷走出去，應該也不會被注意，但為了以防萬一，我還是避開了櫃台，從逃生梯離開。

我忍著身上還有許多地方的疼痛，整整走了三十分鐘的路程，才來到和平公園。這個公園我記得是在上個月才完工的，當我被家裡半軟禁時，曾想著，如果有一天自由了，我一定要來這裡，紀念我的自由。

「我就知道，妳一定會一大早就跑來。」老師的聲音從背後傳來，他露出了和第一天認識時一樣的笑容，淺淺地、藏著一點憂鬱的笑。

他晃了晃手中的早餐，我們一起看著紀念碑，吃著簡單的三明治。

「我們，要去哪裡好呢？」

「今天離開前，先約會吧！也讓我和這個地方好好告別。」

「約會？好啊，反正現在他們再也找不到我了。」

「妳真的不後悔？」

「即使要跟整個世界為敵，我也要一直、一直和你在一起！」

「妳這台詞從哪學來的，還學得怪腔怪調的！」。

「電視劇裡就是這樣說的啊！你不要笑了啦，我很糗耶！」

我正想捶他一拳，他輕快跳起來，「好了、好了，別這麼大動作，等等傷口又裂開怎麼辦？」

怎麼辦？我真的好喜歡他那麼寵溺地神情，好喜歡我們什麼也不做，卻覺得很快樂的每分每秒，就像夢一樣，我好怕不努力抓住，很快就會消失。

我們去了附近的圖書館，又一起吃著陽春麵，傍晚去山上看了夜景，經過一間小小的旅館，我們自然入住，當別人對他說：「你女朋友真可愛。」時，我們都羞紅了臉。

我已經，停不下來了。我該要好好想想父母此時多難過，但一切事情只要跟老師有關，我就無法克制。

「咳咳，床就給妳睡吧。」老師尷尬地說著，表情居然比我還緊張。

我輕輕從背後環住他，「我想要，真正的跟你在一起。」

老師鬆開我的手，我低頭看著腳趾，想著他會不會要我早點睡之類地拒絕我。等了幾秒都沒動靜，我忍不住好奇抬頭，那一瞬間——不同於前一次的吻，帶了點霸道和深入的吻就這樣落下，「妳知道嗎？妳偷親我臉頰的時候，我心跳得有多快、多害怕妳發現我醒著……」

「你、你居然……」他再次覆蓋住我的唇，並小心翼翼地觸摸我每一吋肌膚、每一個還未痊癒的傷口。

「我們，再去知本一次好不好？」

「好。」

「然後我要再偷吻你一次。」

「妳可以正大光明點。」

我漲紅了臉，而他也不再給我說話的機會，一點一點探索我身體的每一塊地方。

叮鈴——

在這情慾的瞬間，我彷彿聽見了換書商店那奇妙的風鈴聲，我不懂怎麼會有這種幻聽，只能繼續沉醉在這青澀的初夜中……

＊

我不知道自己睡著了多久，只知道醒來時，左手邊連點溫度都沒有，他就這樣消失了。

我內心慌了起來，匆忙跑到樓下，還沒主動問櫃台的婆婆，她就先叫住了我。

「唉唷小姐！我敲了很久的門，妳都沒醒來，妳的男朋友一個小時前昏倒送醫院了喔！」

「昏、昏倒?!在哪裡昏倒？」

「在門口啊，他臉色很不好地下樓來，走到外頭就倒下了！」

我忘了我是用多快的速度往附近那個醫院跑，也忘了我的傷口因為這樣奔跑裂開到什麼程度，我只知道，到醫院時我的衣服部分都滲出了血，但我只想趕快找到老師。

「別找了！」媽站在急診室的門口，臉色蒼白又難看，「妳不用再找了。」

「媽，我拜託妳了，我會跟妳回家，但讓我看一眼老師就好……」

「他不在了！」媽吼了一聲，「他死了！」

這突兀的一吼，吼得我定在原地，動彈不得。

「媽，妳在說什麼啊？只是昏倒的人，怎麼會突然就死了呢！」

她把我拉到外頭，拿出了一張單子塞給我，那是一張有他名字的捐贈同意書。

「妳被車撞了之後，肝臟破裂得很嚴重，在加護病房時引發了感染，讓妳嚴重到急性肝衰竭！醫生說，妳若不能馬上換肝就沒救了……妳爸的血型跟妳一樣，可是肝功能卻無法通過，我們急得要命！想不到他什麼都沒說，就直接去驗血檢查，馬上簽了同意書了。」

我摸著自己身上的疤痕，我從沒想過，什麼手術會切這麼大的傷，我只是一頭熱的，只想著要趕快跟老師遠走高飛……

「換給妳一個禮拜後，他先天的心臟病突然惡化了……因為當時捐肝太緊急，他又刻意隱瞞心臟病的事。唉……總之，我說不下去了！我已經不知道要恨他還是要感謝他……畢竟如果不是因為他，妳也不用這樣……」

「媽！我可以看他最後一面嗎？」

我不信。我不想相信。

我覺得這可能是媽媽編得一個故事，這可能只是一場戲，因為昨天我們還在一起。我們很快樂，我們……

所有的想像，全在那冰冷的櫃子拉開的瞬間，一起跟著空氣凝結了。

那個，幾個小時前還好好抱著我、摟著我的人，就這樣變成一個再也不會動的模樣，我居然哭不出來，只覺得頭暈目眩，讓我站不穩地，迎來一片黑暗。

黑暗之前，我想著，如果可以不要醒來，就去那個世界找他，就好了。

*

暖風徐徐吹來，熟悉的味道、熟悉的風景，卻少了一個人。

我叫了一部車，只想靜靜獨處，慢慢上山去溫泉街。

半年了。

那混亂得像場世界大戰一樣的日子，已經過了半年。那個說要帶我一起走的人，還沒帶我走，就自己跑掉了。跑去一個，我到不了的世界。

我還是很常哭，我們相處的記憶那麼少，可每一個畫面都深刻得像刻在心裡一樣鮮明。

我的這一跳車，跳亂了好多人的生命。有我的、老師的，還有爸媽的，以及那個僅有一面之緣的、老師的未婚妻。

我的事情成了爸媽之間的導火線，在那混亂到什麼事情都解決不了的時候，他們草草離婚，我和媽搬到一間很小的房子裡。前三個月，我們每天沉默以對，但這陣子媽卻反而變得比從前開朗許多。某種程度上，她似乎也把身上的枷鎖拆掉了。

聽說爸也換了夠養活自己的工作，回到老家去了。而那個未婚妻呢？我不知道，她沒去參加葬禮，出席葬禮的人，也都沒提到她。後來我去補習班打聽很久，才知道她因為不用結婚，又埋首在自己的專業上，似乎用工作來掩飾傷痛。

我們，都自由了。

在用力地互相傷害後，總算能好好面對自己的人生。

可是你，卻不在了。

還給了我一個，無法就這樣自殺的禮物。逼得我，不得不放下悲傷，就算把牙齒都咬到流血了，也要往前進。

「小姐，妳一個人來泡溫泉啊？」載我的司機搭話閒聊。

「是啊。」

「怎麼沒跟老公一起來？他還真放心妳這樣出門呢。」

「他已經先在那等我了。」

「真浪漫啊。男孩還是女孩？」話題一轉，果然又轉到了我的肚子上。

「不知道，我刻意讓醫生不要告訴我，因為我們家，不管是男是女都喜歡。」

無論他是什麼性別，我都要告訴他，爸爸媽媽是多麼荒唐地相愛，多麼倉促地告別，又是多麼欣喜地，迎接他的到來。

重新回到了溫泉街，即使季節不同，但這裡的一切，都和半年多前沒兩樣。短短六個月的時間，經歷了讓我彷彿從身上剝了一層皮下來的心痛，也讓我那孩子氣的一切，全都消失無蹤。

走到換書商店前，上頭依舊空無一物，輕推了推風鈴，只發出了悶悶的聲音。

「妳來啦。」

老伯站在左手邊，露出了只剩下門牙的笑容。

「老伯……」

他走進破屋中，不一會兒拿出一桶白色的油漆和毛筆。

「把名字，寫上去吧！」

換書商店的攤位背面，有著一排名字，每個名字的筆跡都不同，卻看不出年代的分別，感覺都一樣舊。

「妳來這裡，不就是為了這個嗎？」

彷彿未卜先知，他意味深長地繼續說道：「終於，我也該走了。記住，一定要每天祈禱，這非常重要。」

「老伯，換書商店換的，到底是什麼？」

他微微一笑，「妳不是已經很清楚了嗎？」

叮鈴——

一瞬，風鈴好像響了，我們同時抬頭，風鈴卻連動都沒有動。

換書商店換的，是我自私的願望。這個願望有實現，卻也有代價。但我不後悔，因為能認識老師，是我最快樂的時光。

我相信，他會在我生命盡頭的時候，在我們說好的那個和平公園，等著我。

然後我會告訴他：「我們的孩子，長成了一個很棒的大人。」他會露出一如既往的笑容，說著太好了。

一定會的，我深信。

如今，在養大那個孩子前，就讓我用繼承這間店，來償還我的罪吧，我那自私願望所帶來的罪。

11

二〇〇七年。

未來，都是什麼顏色呢？

在我看來，一定是黑色的，還是個比墨還黑的黑色，當我這麼形容，很少能有人能真的明白是什麼意思。

因為不會有人像我這樣，悲劇像骨牌一樣接二連三地來、人生也如骨牌般，接二連三地崩塌。我的世界末日了，可其他人卻還好好的，多麼不公平。

一個星期前，我還是那樣快樂、無知，因為那時的我，終於成功約到女神願意跟我一起去看電影《不能說的祕密》。

我讀的大學，一直以嚴格的男校而出名。因為學校規定每個人一定要住校，且每天早上全校都要做早操，食堂的供餐時間更只有一小時，不想在錯過後，就得下山才能買東西的話，一定得準時。更扯的，是門禁的時間是九點！這種管理方式有效的，讓每個人的成績都很好，但也很壓抑。

直到去年升上大二，學校竟然開放女生入學，在大家都以為這麼嚴格的學校，應該不會有人來報名時，竟然有二十幾個學妹，準備要入學了！

可以想見，才剛剛成為混校的原男校，這些學妹是多麼珍貴的存在。但嚴格的校風，也讓女宿舍隔在男宿舍的另一頭，若要偷偷跑去那裡找學妹約會，必需要經過重重的監視關卡。也因此，能成功抵達的人，通常很快就能打動女生，這種選男友標準簡直奇怪——我試了二十幾次，被罰了二十幾次的操場十圈，那個關卡根本沒那麼容易闖過。

所以，我只能加入去死去死團，每天都一臉怨念地，看著那些有女朋友的人曬恩愛。

「好了，這就是今天的實習內容，大家各自分組開始吧！」

「喂建奇……」我正想叫我那平時只要分組，就會一起的朋友，卻發現他竟然丟下我，和另一個女生一組了！還對我使了個不要搗亂的眼色！

真是@＃！@！……

他這下子是要讓我去哪裡生個人啊！「有異性沒人性」這句話果然是我們學校現在最流行的一句話了！每個人都是有了學妹，沒有同學的。

「我跟你一組，要嗎？」

一道纖細的女聲從旁邊傳來，站在那的，是個只綁了馬尾沒化妝，但五官卻精緻得像個外國娃娃一樣的混血女生。

那天的微算機實習，我都忘了是怎麼完成的，女孩一個人就迅速完成了教授要我們做的部分，還拿了個高分，而我當時腦袋只剩下一個念頭：她是誰？

已經開學兩、三個月，所有入學的學妹的名字、長相我都背起來了，卻獨獨沒有看過她。

「學長，下次我不會再跟你一組了。」

「為、為什麼？」

「今天的實習幾乎都是我一個人完成的，你好像沒有什麼貢獻。」她面無表情地說完，就消失在所有的視線中。對於她來說，好像時常被人注目，是件很習以為常的事，畢竟她長得那麼醒目，讓人看一眼，就會發呆到定住不動了……

她叫徐雅筑。因為不明原因開學了快三個月才報到，當然學校會保留她的學籍也很讓人費解，她的身上有一堆謎團，而且她從來都不笑，任何人跟她說話，她心情好就點個頭，心情不好就一點反應都沒有。

有不少人討厭她，說她自以為長得漂亮就那樣囂張，很多人碰了釘子後，都對她沒興趣了。

「她只是長得漂亮而已。」

「而且跟她分組很衰，她做得太快了！把其他人的份都做完了，上次那個簡教授還直接扣了我的分數！」

「靠！我上次也是欸。」

我沒有加入他們的話題，聰明又漂亮、集優點於一身有什麼不好？而且我覺得，她的冷漠很吸引人。

我沒追過女生，只能一直厚臉皮地，在同樣的課遇到時，想辦法和她一組，或在食堂等她。大多數時，都是我一個人在說話，她連回應都不會回應，我無所謂，因為她並沒有討厭我的親近，不是嗎？

「喂，你到底喜歡她哪裡啊？」建奇有天問我。

「我也不知道，我就是喜歡她，沒有理由的。」

「最好是，她除了長得漂亮以外，還有什麼優點？你每天在食堂跟她說話的蠢樣，我們都在拿你打賭，賭你什麼時候會放棄。」

「那你們換個賭法吧，應該要賭我，什麼時候可以讓她變我女朋友。」

他立刻大笑！「那我看賭到畢業都不會結果。」

我滿不在乎地笑了笑，這是我第一次喜歡上一個女生，而且也是第一次發現我可以這麼有毅力地喜歡一個人，離畢業還那麼久，我一定會成功的。

有天，在圖書館找做報告的資料時，我發現她偷偷在小說區拿了一本小說。她看得很認真，卻不願意拿到座位上、或是借回去，我偷看了好一會，才裝出路過的樣子走過，只見她匆匆把書放回去，臉上閃過了一絲慌張。

能讓她露出那種表情，是什麼小說呢？

那天，我把那本《以愛為名》借回家看，我很意外她竟然喜歡這麼老派的愛情小說，我花了一個晚上把所有情節都研究完，想著要用什麼方式跟她找話題，結果，我選了更簡單的方式，就是直接把書借她。

那是她第一次跟我說話，只說了，「謝謝。」追了她半年多的時間，這句謝謝，比什麼都還珍貴。

後來以那本小說為開頭，在她還我書的時候，順勢說：「暑假的時候，要不要一起去看《不能說的祕密》？就是周董的……」

「好啊。」

「什麼？」

「我說好啊，一起去。」那天，是她第一次看著我的眼睛說話。

這麼多的第一次，都是我努力了好久才有的，我興奮得整晚睡不著，明明離八月上檔還很久，但我已經高興得想告訴全世界：「我的女神要跟我去看電影啦！」

但我想，那就是個樂極生悲的開頭。

因為在隔天，我被叫到總務處接了一通電話，電話裡的人，用著毫無起伏的語調說要我回去處理我爸的後事。

「你、你說什麼？」

「你爸爸昨天突然心肌梗塞過世了。」對方平淡地再重複了一次。

「陸同學，你多保重，雖然還有一個星期才放暑假，但學校特准你提前回家。」總務主任很想表現出遺憾，但語氣跟剛剛電話裡的人沒什麼兩樣。一樣地公事公辦。

我爸他、過世了？

不可能。

這不可能的，他那麼強悍，總是中氣十足，每次打在我身上的棍子，也都夠我痛上一個禮拜，那樣的他怎麼會突然不在了？

我懷疑這可能是一個玩笑或是惡作劇。但不是。

回去後，我得忙著跟殯儀館談東談西，得選骨灰罈、選儀式的樣式、選要用什麼套餐方案……

當我應付著這些到回神，爸已經被火化，而我也一無所有了。

我對金錢沒有概念，爸的葬禮用光了家裡大部分的現金，然後爸只幫我保了保險，卻沒有保自己的，所以當我清算家裡的財產時，竟然只剩下一萬塊了。

我看著爸的遺照，想著過去的他，是多麼嚴厲地管教我，就連我進這所學校，也是他要求的。我們沒有其他親戚，我媽在生我時就難產死了，一直以來這個家就只有我跟爸兩個人。

我總想著，總有一天我一定要超越他，要讓他再也不能頭頭是道地說他以前書念得多好，要找一份比他更好的工作，要……

「爸……」我哭了。明明每次挨打時，都恨他恨得要命，結果現在我卻很難受。

家裡很安靜，少了他那大嗓門的叫罵聲，安靜得連外頭樹枝的掉落聲都聽得見。我就這樣在冰冷的地上躺了一夜，很可惜的是，醒來後除了全身痠痛以外，這個家，還是只有我一個。

家裡的電話突兀響起，「我是房東，你是陸家兒子吧？」

「是……」

「我知道你爸剛過世，可是這個月的房租已經過五天沒繳了，你今天可以給我嗎？」

「房租？要多少呢？」

對方明顯發出了不屑的聲音，「一萬二，真是吃米不知米價，我下午會過去收。」

我忐忑地走來走去，家裡根本沒有那個錢，我能去哪裡？

「不管了，先逃走吧。」把家裡的門鎖上後，我就帶著僅剩的一萬多塊跑去外面，身上背著的背包，依然是那天匆匆趕回來背的，裡頭裝的衣服我一件也沒換，這一個禮拜，除了處理爸的事情以外，我幾乎都沒法思考、也沒好好整理自己，連鬍子都長得亂七八糟，更慘的是，現在還狼狽地，為了躲房東而逃出來。

接下來等著我的，不光是房租而已，還有暑假後開學的學費，以及好多好多的費用。

我晃到了火車站，目的地不能回學校，也沒有其他地方去。

我才發現，我跟爸爸這輩子都沒一起搭過火車，除了他偶爾會接送我來火車站之外，一起坐上火車去哪裡遊玩的事，我們一次也沒做過。

他總是很忙，忙完回到家還會檢查我的功課到深夜，早上就會看到他要我改進的字條，假日則是固定每星期總結教訓的時間。玩樂，好像永遠不屬於我們父子。

大一入學前，他說等我大學畢業了，就一起到台東，去那騎腳踏車、泡泡溫泉，我雖然很冷淡地說了好，心裡卻很期待。

我下意識地買了前往台東的車票，我不知道去那把錢花光了，我還能怎樣，但……就先去吧，反正我也沒有別的路可以走了。

本來還一片美好的未來，此刻瞬間變成黑的，讓我什麼都看不見，無論路過的風景再鮮豔，看在我的眼裡都是一片黑白。

我看著那些和我一起搭著火車的人，有的人像是要回家鄉，有的人看起來就像通勤的上班族，還有情侶卿卿我我在打情罵俏！我很想衝過去他們面前，要他們不要再笑了、很刺眼！。

以前不懂那種什麼一個人死了，這個世界還是會繼續運轉是什麼意境，但就是現在這樣吧。明明爸爸走了，葬禮的時候，來了幾個他的朋友、同事，他們看起來都很悲傷，但踏出了那個會場，感覺就只是完成了那一天的某個行程，幾分鐘前還表情哀戚的他們，馬上討論著要去哪裡吃飯、哪間餐廳不錯，或是說著等等還要去見客戶、還有工作什麼的，關於爸爸的人生謝幕，對於他們來說，到底算什麼呢？

什麼也不算。

就像我下學期開始休學了、還是餓死街頭了，也不會有人特別在意我，他們也許會討論，但新的話題很快就會把我取代。

我很想說女神也許不會這樣，但讓她答應跟我去看電影已經不容易，我更不敢奢望，她還會想關心我。

我無法控制大腦去想一大堆負面的事，對於現在的我來說，也想不到什麼快樂了。

我沒打過工，也不知道怎麼讓自己能有工作，這些年我就是一直拚命讀書、努力維持在爸爸的要求上。空閒的時候，就拿著零用錢跟朋友去打電動、買模型……

我才突然意識到，我曾經的生活是幸福的，可是在這之前，我卻從沒感覺過。

我在台東站下車，後來才知道要到有溫泉的地方，還有很長一段距離，我只好再次搭了客運。在車上，我乾脆拿出那本來不及歸還圖書館的小說，用著鉛筆在每一頁的書角，畫著火柴人打發時間。以前上課的時候，聽到難懂的課程，我都是像這樣逃避的，每次看著火柴人奔跑起來的模樣，好像壓力也跟著被解放似的，很奇妙。

我原本的人生規劃，是畢業後能考個高普考，然後跟爸炫耀一番，但現在這個夢想根本不可能實現，愈是想著這些，我翻書角的速度就愈快、愈粗魯。

「年輕人，急躁也是解決不了問題的喔。」坐在我旁邊的歐巴桑微笑地說道。她手上提著菜還有一些補給品，看起來是住在這附近的人。

「喔。」

她比我提早前一站下車，臨走前忽然說：「你如果要上山的話，可以去找換書商店。」

「啥？那是什麼啊？」

她笑得很詭異，並且不再說明。我就這樣從車窗看著她頭也不回的走掉，可是腦海卻記住了，她那句奇怪的話。

換書商店？

那是什麼？

終於來到泡溫泉的地方後，我還特地問了旅館裡的人。

「換書商店？嗯……啊、那不是什麼商店啦，那就是個廢棄的攤子而已，上面的確有寫了什麼換書的，但它什麼也沒有喔。」

「廢棄的攤子？在哪裡呢？」

「很近啊，你等等從這邊走出去，第一個路口轉彎後、走到下一個交叉口就會看見了。」旅館人員說完，又轉頭去解決其他客人的問題。

我也不知道為什麼要這麼聽一個歐巴桑的話，單純就是，我逃到了這個地方，但沒有心情、沒有多餘的閒錢可以去哪裡玩，付完了一個晚上的旅館費，一下子我就只剩下四千多塊，根本不夠我住第二晚。所以我能去觀光的地方，也只有那了。

既然是換書，我拿出被我畫了火柴人的《以愛之名》，反正也回不了學校，就借我拿去換書吧！我照著路線慢慢走，此刻已經快要黃昏，少了白天三十幾度的高溫，現在涼快了許多，山上微涼的風吹得很是舒服。

說也奇怪，剛剛還在第一個路口前，人群都很多，當我轉了個彎、愈是接近交叉口，這附近就慢慢安靜了下來，整條街道竟然只有我一個人。

不遠處，我看見一個顯眼的紅色攤子，它真的是廢棄的，後頭連著一間連屋頂都沒有殘屋。

「換書商店、自由換書……」我念著左右兩邊的白漆字，忽然，上頭白色的風鈴發出了奇異的叮鈴聲，那奇異的感覺特別好聽，感覺我這輩子都沒聽過這麼好聽的聲音。低頭，攤子上竟然擺了幾本書。

「剛剛這邊是有書嗎？怪了……」剛剛我也沒特別注意，但我怎麼覺得這幾本書，像是突然憑空出現的？

我細看著攤子上頭寫著的換書規則。

換書規則如下：

一、請用一本書交換另一本書。

二、一旦交換便無法換回。

三、交換後發生任何事一概不負責，答案都在書本中。

如違反以上規則，後果自負。

看完規則後，再看看了上頭的幾本書，看起來都很舊，沒有什麼新書，「嗯，很符合舊書交換啊，是在比出版年代誰比較老喔。」

我把每一本的作者名都看過一遍後，覺得很喪氣，本來呢，看這本小說是為了女神的，我除了看藤井樹和穹風的小說以外，很少看其他作者。

「《雨季不再來》……好吧，至少三毛我還有聽過。」

不過，不就是換本書，為什麼規則要定得那麼嚇人呢？什麼違反以上規則後果自負？難道這邊還裝了針孔嗎？我一違規，就會有人拿著球棒出來打我？

滿腹的疑惑，配合著肚子餓得咕咕叫的聲音，讓我不再去執著這些奇怪的問題，草草把書放在上面後，就拿起我想換的小說，有那麼一瞬，我彷彿聽見風鈴又響了，可抬頭一看，它並沒有晃動。

叮鈴——叮鈴——

那聲音就像幻聽一樣，真詭異。

我翻開書本第一頁，上頭竟然還被人寫了字……

如果給你一次交換的機會，你想要換的，是什麼？

「什麼啊？換什麼？交換書籍而已，是能換什麼嗎？讓我爸起死回生？太搞笑了！又不是在演科幻片，難道還會借屍還魂喔！不如還讓我中個樂透比較實際，這樣我就有錢能繼續讀書了。」我聳聳肩地笑了笑，覺得寫下這句話的人，真的很天真。

如果換書就能換點什麼的話，那還不如把我的人生給換了，我這短短一星期就走樣到可怕的人生，要是可以再復活起來就好了。

我在附近的麵攤吃了兩大碗麵。晚上泡完溫泉，躺在床上，卻一點也睡不著。

過了今晚，下次我還能這麼奢侈也不知道是何時，但就是睡不著。

最後乾脆把那本《雨季不再來》拿出來當催眠書，「嗯？是我眼花嗎？那段字怎麼不見了？」

我想著歐巴桑的怪言怪語，想著奇怪的書攤，再看了看書，有一種撞鬼的感覺，讓我渾身起了雞皮疙瘩，直打哆嗦。

該不會，內容被換成鬼故事吧？

我戰戰競競地翻著，第一個短篇我完全看不懂在寫什麼，感覺像憂鬱症的人寫的日記，第二篇也很無聊，這本書的內容果然不是我的菜，還沒看完第三篇，我就睡死了。

那個晚上，夢裡一直有個要奔跑出家門外的怪女孩，在我的夢裡一直笑、一直笑，最後我在一身冷汗中清醒，然後又起雞皮疙瘩了，因為，那個小女孩，就是小說第一篇出現的女孩。

我努力拋開那種撞鬼似的體驗。梳洗後，就快速去樓下吃附贈的早餐，並且儘量讓腦海，想著今後要面對的問題，如此反覆，我終於沒那麼害怕了。

「請問，你是陸家雄嗎？」

「我、我是……」嘴巴還含著一口麵包，我看著眼前的黑衣人，心裡想著，不會是房東派人追債，追來這了吧。

「麻煩請跟我出來一下。」

「是。」我立刻緊張地站起來，深怕回答慢了，黑衣人會對我怎樣。

旅館外停著一輛黑頭車，我就這樣被請上車，裡頭坐著一名頭髮半白的老人，他戴著單片眼鏡，給人的感覺非常像《無間道》裡的韓琛，長著一張老奸巨猾的臉。

「小子，你爸爸是陸成正？」他瞇著眼的問。

「是。」

「你奶奶是趙蘭？」

我奶奶的名字是趙蘭？誰記得啊……

「應、應該是，我沒看過她，但我可以回家翻戶口名簿……」

「別緊張，放鬆點。」他皮笑肉不笑地說。

「你一個人跑來這兒，做什麼？」

「因為我爸說過，等我畢業後要帶我來的，但他已經過世了，所以我就自己來了。」

「嗯，真可惜啊，差那麼一步。」他看起來很像在自言自語，我則是想著何時能下車。

想不到他卻突然說：「開車吧。」

「等等！您要把我帶去哪呢？」

他看著窗外，「我欠你奶奶阿蘭一個承諾。我說過，如果以後她有了孩子就要當孩子的乾爹，可是等我再回來，已經晚了整整五十年了，她的兒子也才剛走，就只剩下你，所以你以後就是我的孫子了，之後的入籍手續，等回去再慢慢辦，知道了嗎？」

「啊？喔、是……」

「別再用『是』回答我了，從現在開始，我就是你的爺爺，傅元黑。」

傅元黑……怎麼那麼耳熟啊，等等！他不是常出現在新聞上的那個黑熊嗎？曾經是大幫派的元老，後來又因為被通緝長年住在大陸，還經常出現在兩岸爭議的各種新聞中……那個人現在就在我旁邊、還說要當我爺爺?!

這、這是不是哪裡搞錯了……

12

我現在的狀況，就是麻雀變鳳凰，雖然我是個男的，但突然還是很能體會這句話所帶來的震撼。

開了將近四個小時的車程，我們回到都市，最後停在一眼望不盡的別莊前，大門開進去之後，還得再開上五分鐘的車程，才會抵達真正的主屋，不免俗的，主屋前一定有個噴水池。更誇張的，是我們下車後，還有兩排黑衣人出來迎接我們。

「歡迎老爺、少爺歸來！」

少、少爺是在說我嗎？

我低著頭，完全不敢看那些黑衣人的臉，雖然他們都戴著墨鏡，但每個人身上散發的氣息，完全就是黑道來著。

一步一步，我即將踏進這座金碧輝煌的現代城堡，整個內心還是有種自己在作夢的錯覺。

但事實上我沒有作夢，因為自從那天我這樣踏進來後，已經過了兩天，我都還在這個屋子裡。我再沒見過傅元黑，取而代之的是，一個叫做阿西的黑衣人，每天面無表情地跟著我，我幾乎從睡醒那刻起，就得一直被他跟著，好處是只要問他問題，他基本都有問必答。

「我什麼時後才能見爺爺？」

「熊爺剛主動回台投案，這陣子都得被法院傳喚，還得重新作筆錄等等的，非常忙碌。」

「那我可以出去外頭走走嗎？」昨天我還不敢問，是因為這屋子大得還夠我到處參觀，今天我實在待不住了。

「熊爺說了，不管少爺想做什麼，都可以，也無需要擔心錢的事。」

「說得那麼厲害，那如果我說現在想出國玩個幾天呢？」

阿西立刻拿出黑莓機，「沒問題，少爺打算去哪個國家？」

「別……我開玩笑的。」這是什麼世界啊，說出國就出國，傅元黑原本不是被通緝嗎？他在大陸居然這麼有錢啊。

我的腦子很亂，午餐還是私人主廚烹調，面對這精緻的食物，我居然吃到第二天，就有點食不下嚥了，我比較想吃一碗簡單的陽春麵還比較開胃。

為了躲避阿西那張死人臉，我假借睡午覺躲回房間，在房間裡來回踱步，想釐清現在的狀況。

就算我的奶奶曾經跟這個傅元黑有什麼淵緣好了，正常人會這樣就突然把別人的孫子帶回家養，還給我這麼大的用錢自由嗎？如果我現在說要買一台法拉利，搞不好都可以。

不正常啊，這太不正常了。

而且，他這麼有錢，待在大陸待得好好的，為什麼要突然回台自首吃苦？這可是要坐牢喔！放著好日子不過，跑回來坐牢？不合理啊！

我用力地抓著頭皮，最後，我想起了那本很詭異的書，自從換的第一天晚上，看完就做了怪夢後，這兩天我都沒敢看，夢也沒作了。

那行消失的字一定有問題。

我拿著那本書上上下下地研究，連出版詳細資訊的地方也看過了，最後又翻看幾篇依舊不合我胃口的短篇，時間也才終於來到下午三點多，我還是找不出破綻在哪，甚至這跟傅元黑的出現會有什麼關係。

我只知道，時間慢得可以，沒有目標和動力的日子，簡直恐慌。

不對啊！我可以有目標了！我現在可以馬上去學開車，八月風風光光地接女神去看電影，她看到我開車的模樣，一定會加分吧。

「阿西，我想去駕訓班學開車。」

「知道了。」阿西低頭迅速使用黑莓機打字，「明天就會有人來這裡教少爺，考試時，我們也會跟著少爺一起去。」

我還真不習慣，這種什麼都到府服務的感覺。

這天，傅元黑還是沒有回來。

隔天，我痛苦地從夢裡掙扎醒來，會用痛苦形容是因為，又是《雨季不會來》的內容，那些內容都太憂鬱、太糾結，搞得我一作夢，就跟我曾覺得未來是黑色的心情連結。在裡面，我甚至錯亂地以為那裡才現實，直到清醒後，看到華麗的水晶燈掛著的天花板，才知道，這裡才是真的。

是不是我只要一看小說，就會作關於小說的夢？這夢搞得我頭痛欲裂，那張三毛的照片封面，彷彿還動了一下，真恐怖。

「這什麼小說啊真是……這還要不要讓人好好睡？」

下床梳洗後，我特地在超大的按摩浴缸裡泡了澡，才緩解了那炸裂般的頭痛。

這時，我才發現旁邊的桌上多了護照等等的證件，一應俱全，還有一張黑色的信用卡，我拿起那充滿了銅臭味的卡片，在手上轉了轉，我覺得這卡片在我手上的觸感很熟悉，好像我不是第一次拿到，它是那樣的冰冷、毫無情感，但同時也代表了……至高無上的權利

可是，我又是什麼時候……

叩、叩。

「少爺，該用早餐了。」阿西的聲音傳來，我順手將卡片塞進皮夾中，對於自己這樣的順手，我又愣了愣。

「阿西，你看我今天有沒有什麼不一樣？」

「沒有，一切都很正常。」

「真的嗎？」我怎麼感覺，今天從醒來頭很痛的那刻起，什麼都不對。

吃了早餐後，我就在後院當個開車初心者，很可惜開車不是打怪，沒辦法在我狂練一天之後，就能從打波利變成打僵屍。

第一天練開車，累得我倒頭就睡，人一旦有了目標，生活彷彿又被重新注入活力，最終在連

續五天、天天都練滿八小時的情況下，我把開車學會了。

阿西接著幫我安排老師教我筆試，說只要上五天課，我就能去考試。我記得有同學為了考到駕照，不知道抱著一本厚厚的書背了多久才去考，而我現在卻只要輕鬆聽人講解重點，記下來就好了。

我意識到，自己正逐漸在適應這個茶來伸手、飯來張口的日子。

「你適應得真快，我以為你至少也要三個月的時間。」傅元黑忽然出現，消失了好幾天的他，看起來依然精神亦亦，一點都不像一直被傳喚的人。

「爺、爺爺。」

「就是這爺爺喊得還不習慣。」他笑了笑往書房走，阿西示意我跟上。

書房裡就我跟他兩個人，我感覺到有點尷尬，見面第二次的人，我們的關係卻已變成了親人。

「你整個人的氣息都不一樣了。」他瞇起眼的說，「就好像你早就很習慣這種生活一樣，真是不尋常。」

「不尋常嗎？」我倒沒有發現這點。確實，這幾天不管是使喚阿西、還是跟主廚點餐，我都能說出很長的菜名，對阿西也完全不懼怕，隨意地叫他替我做任何事……這不尋常嗎？

那麼，尋常該是什麼樣子呢？

「無所謂，這樣也好，省了我還要說服你享受日子。你的這一生就這樣過就行了，想做什麼就做、想幹啥就幹啥，不需要跟我報備。」

「為什麼？」

「這是我欠阿蘭的。」他露出了一臉不願再說的表情，眼神看向窗外後，就不再說話。我察覺到這是請我離開的意思，轉身關上門前，我突然覺得門把冰冷得刺骨，而且我對這份冷冽，並不陌生。

坐在書桌前，我瞪著桌上那本小說，它可以說是跟我原本人生唯一有連結的東西了，其他穿的用的，全都換了，只留下它。

那天，我明明說想要換的是讓爸爸起死回生，但這種事不可能，所以我說不如讓我中樂透，可很顯然的，我現在的生活，比中樂透還奢華。

「啊！」我大叫一聲，記憶的碎片帶我搜尋到，當時我想著不如換掉整個人生的念頭。

我拿著書，再次確定第一頁沒有那行手寫字，我吞了吞口水，「難道我真的跟誰換了人生？這麼有錢的人生？」

我癱在椅子上，嘴巴張大得合不起來。又不是在演哈利波特，這世上真的有這麼神奇的事嗎？隨便換個書就能換個有錢人生的話，那誰還要去買樂透啊。

「靠，我還真是，物極必反了。」一下子從快樂墜入谷底，又從谷底一口氣飛到天堂，這難道是爸給我的禮物嗎？

既然這樣，那就坦然接受吧！

我刻意地略了一件事，那就是原本這個人生的人，現在又該怎麼辦？因為那跟我無關，既然他也去了換書商店，那他肯定也換了其他的人生吧，弄清楚現在的幸福是怎麼來的，然後確認它不會再消失後，我不想再去思考這件事。

我小心的把那看了三分之二的小說放在抽屜，便安心入眠了。

學會享受生活的日子過得很快，我在拿到了駕照後，買了一台亮眼的黑色保時捷，開著那台車，出入各大百貨公司或餐廳時，每個人都對我畢恭畢敬，當然有部分的原因是我身邊始終有阿西跟著，光有他在旁邊當保鑣，那有錢人的氣勢，表露無遺。

「少爺，看不出來你的品味很好。」

「怎麼說？」

「你買的那些牌子都是低調奢華的品牌，而且選東西的時候，也很熟門熟路，好像以前你就常這麼買了。」

「是喔。」我根本沒發現，我只知道踏進百貨公司有一種熟悉的歸屬感，同時內心也有一種空洞，油然而生。

買好我自己的東西後，我還特地挑了一條蒂芬妮手鍊，準備要送給女神的。面對明天的約會，我有點緊張，不知道她看了我的改變，會不會就突然動心了呢。

＊

昨天的幻想終歸是幻想，因為事實是——

「你是誰？」雅筑冷著一張臉，雙手還胸地警戒著。

「雅筑，我們約好今天第一場電影的時候見，妳怎麼……」

她今天穿得異常樸素，看起來一點也不像是要來跟我約會，若不是她依約出現在這，我還真認不出她。

「你爸不是過世了？一直聯絡不上你，我很擔心。你現在這樣又在搞什麼？」

我低頭看了看自己，今天穿了休閒的白T配上牛仔褲，錶也選了運動型的，到底哪裡不對了？

「你這身行頭，還有你剛剛開來的車子，你到底是誰啊？」

除了第一次遇到的時候以外，她難得會對我滔滔不絕地說了這麼多話。只可惜，內容不對。

「雅筑，我只是被一個遠親收養了，我還是我啊。」

她搖搖頭，突然從口袋中拿出兩張已經買好的電影票，就這樣在我面前撕掉。

「你應該要回去照照鏡子，看看你現在都是用什麼表情在看人。」她把電影票丟在地上，頭也不回地走了。

我只能站在原地握緊著拳頭，想著口袋裡要送她的那條手鍊，又該何去何從。

「她搞什麼啊，是看我變有錢了，想在我面前表現出個性嗎——嗯？」喃喃自語的話，說了一半立刻打住！

我，剛剛說了什麼？

我怎麼可能會這樣侮辱我的女神……我……

帶著這份驚恐，回到車上後，我連後照鏡都不敢看一眼，迅速開車開回原本的家。

但我完全忘了當初逃離家的時候，這屋子早就被下達了最後通牒，此時正有個人在我家門口，進進出出地搬著東西，我不敢相信那個房東居然這麼無情。

「喂，你是新搬來的嗎？」我衝著門口的歐吉桑問，他一回頭，那兇惡的表情讓我嚇了一跳，心裡瞬間覺得今天沒讓阿西跟著，真是失策！

「哪來的小子？」

「我、我是原本住在這裡的，我的東西呢？」

他忽然停下了手邊整理東西的動作，「這就是你有求於人、向人發問的態度？」

「這裡本來就是我家，我還要有什麼態度？」

歐吉桑冷哼一聲，不再搭理我，繼續整理著他的東西，我直接闖進去，想要直奔我原本的房間，卻被他一把抓住，用力地甩在牆上！

「唔！」我想掙扎，但他只用一隻手就把我的喉頭壓死，「唔呃……」

過了幾秒，他才放開我，我跪在地上猛咳，整個喉頭剛剛就好像要被壓斷一樣。

「信不信，我叫我保鑣來教訓你！死老頭！」

「撿角。」他用台語不屑地說。

他家裡的東西說多不多、說少不少，原本是用來放爸爸的書的書櫃，全都換成了一本本厚厚的資料夾，還有客廳的沙發，也全換上了新的沙發套。這裡，完全不是我家了。

原來一間屋子的記憶，能這麼容易就被改變了。

「你就是那個爸爸死了的孤兒？聽房東說，你連房租都不繳就消失了，是他把你們家的東西清掉的，別來找我要。」他這才悠悠解釋。

「不過……看來你拿了爸爸留的保險金，過得很不錯啊，現在才想到要找屋子的東西……哼！」

「我有沒有拿保險金關你什麼事？像你這種只會倚老賣老的人，根本不懂唯一的親人死了，是什麼感覺！」我總算能站起來，一秒也不想再待在那裡。

都被那個歐吉桑說對了，一字不漏的全對了。我如果真的那麼在乎，就不會現在才回來，不會等因為自己變得很奇怪，才想要回家。

我幾乎把爸爸不在的這份悲傷，早就不知道丟去哪了。

我簡直，就被這突如其來改變的命運，沖昏了頭！我就這樣開著跑車在馬路上橫行無阻地想發洩情緒，幾度都差點要撞上別人，但我一點也不在乎，因為我內心隱約想著，就算我現在闖出什麼禍，也都會有人處理。

然後，我又再度為自己這份念頭而感到厭惡。

我就快瘋了！

我的身體裡好像住了兩個人、兩個思想，拚命地互相拉扯、拚命分裂，好像我一個不注意，就會失去自我，連自己明天會是什麼人，也無法控制了。

我在車庫用力地敲著方向盤，抓著頭吼叫，最後只能疲憊地看著後照鏡裡的雙眼。那雙眼，仍然跟那天搭著火車去台東一樣，一樣的黑暗。

「我還是我啊，我還是我……」

*

清晨，我幾乎徹夜未眠。手上提著名貴早餐店的肉包和豆漿，同樣讓阿西沒跟著我，我就這樣站在我原本的家門前，猶豫著要不要按電鈴。

很可笑不是嗎？

這裡我跟爸住了那麼多年，現在居然是別人的家了。

匡啷。

忽然門被打開，我和歐吉桑兩人面面相覷地對看幾秒，「昨天是我不對，這早餐很有名，是我特地買的。」

歐吉桑依然是那張彷彿憎恨全世界的臉，「喂小子，下次不准再買早餐來了，那是男人對女人做的事，你會害我吃不下飯！」

「喔……」

他看起來感覺跟我爸的年紀差不多，跟著他一起坐在餐桌吃早餐時，有那麼一瞬，我還以為在跟爸爸吃早餐，我得屏住呼吸，才不會讓自己沒用地鼻酸。

他滿臉不屑的表情，好似這世上所有的人事物都入不了他的眼，但又更像是厭倦自己的人生似的，讓人摸不著頭緒。

「真臭啊。」他邊咬著肉包邊說。

「臭？」

「這頓早餐都夠平凡人吃好幾天的早餐了吧？銅臭啊，臭死了！」

「我以為這樣才有誠意。」

「哈哈哈！哈哈哈哈！」他不自然的大笑！「你啊你啊你，真像。」

「像什麼？」

「像我認識的一個人。」他把掉在桌上的肉屑撿起來吃掉，咕嚕咕嚕一口氣把有機豆漿全喝光。

「一個跟你一樣滿身銅臭味、自以為了不起、卻什麼也做不了的人。」

他坐到了沙發上，翻起放在桌底下的一本相簿，毫無理由的，他居然開始講起關於他的過去，以及那個他口中，和我很像的人的過去。

他說，他叫曾又嘉，年輕的時候經常參加遊行演講，在那個戒嚴時期，他就是宣導民主自由的其中一人，為此他前後總共被抓到兩次、也逃了無數次。被抓到的那兩次，在牢裡的各種刑求都差點讓他撐不下去，最慘的，是他居然錯過了自己父親的最後一面，也無法參加葬禮。

「我第一次被抓的時候，本來還很擔心我爸一個人怎麼辦，出來之後才知道，那個自以為是的俗辣，竟然一直在照顧我爸。」

「他是你的朋友？」

「他是我的鄰居，他原本搬來跟隔壁婆婆住的時候，就跟你現在一個樣，既囂張又沒能力，連養活自己都辦不到，還要靠一個老人家養他！後來他大概是吃苦吃怕了，才主動願意工作，沒幾個月我就被抓了，那時好像婆婆也過世了……」

「那他為什麼要照顧你爸？」

「他說，鄰居不是本來就要互相幫忙嗎？我操！你是真沒看過他原本的樣子，聽到他這麼說，我還以為被抓到牢裡刑求的人是他，不是我，腦子根本壞了！」

曾又嘉嘴上雖然在批評他，可是表情卻一點厭惡感也沒有。

後來，那個人還經常苦勸他，說為了他爸著想，暫時別去搞什麼民主活動了。

「我就跟他大吵一架，我說就是因為每個人都像你這樣想，所以大家才一直忍耐、一直退讓，但這樣的結果，根本不會有任何改變！」

『你爸只有一個！』

『但這個民主，卻是一個人也不能少，少了我一個，又會有下一個，團結這種東西，比你想得還要脆弱！當大家慢慢瓦解，我們就只能繼續被政府死死地踩在腳底下！』

那次吵到快打起來的對話，終止在那沒有繼續，之後那個人對曾又嘉說：「你爸如果少了你這一個兒子，還會有我這個假兒子。」

「啊？」

「因為，我原本說他是婆婆的假孫子，所以那句話，也代表了他保證會照顧我爸，就像他一直沒離開婆婆的家一樣。」

『你現在大可自由去其他地方了吧，在這鄉下是沒什麼未來的。』

『誰說的？我阿嬤不就在這裡活了大半輩子嗎？』

歐吉桑說，自從婆婆死了，那個人開始像婆婆一樣，四處行善幫助人，自己的花費，總是壓在最低限度，就連準備重考大學用的書，也都是舊書。

「我常說，他啊，就像被人換了靈魂一樣，跟一開始的他，是完全不同的人。」

「嗯？你說什麼？」我心一驚，彷彿聽到了一句很關鍵的字。

「我說……怎麼？你好像突然有興趣聽了？我不想說了，你回去吧。」

「啥？」有人這樣的嗎？這比ＪＫ羅琳如果突然說今年不出第七集了還要扯！

「我叫你滾。」他臉一垮，我只好摸摸鼻子離開，心想著，明天我一定要帶著阿西來，這樣肯定就不會被趕走了。

13

隔天一早，我去了以前上高中時最喜歡去的那家早餐店，買了簡單的蛋餅跟奶茶，而這次沒有太多猶豫的就按了門鈴。

我太在意了。

在意那個被說像換了靈魂的人，我想知道那個人的過去，還有他現在又過得怎麼樣，最重要的是——我想知道他有沒有換過書。

「曾叔叔早。」曾又嘉一開門，我馬上裝出了乖寶寶的模範樣。

砰。

沒想到他用不到一秒的時間就把門甩上。

我只好又再按了好幾次的門鈴，吵得都快把鄰居也叫醒了，他才憤憤開了門讓我進去。

「我說過別再買早餐來了！」

「您誤會了，這是我要吃的。」

「……」

「滾。」

眼看這耍賴的招數也對付不了他，我只好彎下腰懇求的說：「拜託了！請你繼續說昨天關於那個人的故事！」

「憑什麼？」

「我有不能告訴你的理由，但我保證沒有要做任何壞事！」我的目光堅定，希望能夠打動他。

過了半晌，他才緩緩說道：「去倒杯茶來。」

我對他這種囂張的態度很不滿，但為了聽到故事，只好照做，心想著這傢伙絕對沒有朋友。

曾又嘉說，他第一次被關完的頭一年，都還處在被監視的狀態，所以只好乖乖的當個朝九晚五的工人，也好彌補一點未盡的孝道。

「那傢伙啊！還真能拼。每天做晚班的工作，白天又去大學念書，還把所有能申請的補助全申請了。那時我剛關出來，他已經念到大二了，說到這個，他明明就能直接從大二開始念，卻偏偏要從頭來過。還有，他連工作休假也閒不下來，還去鎮上的活動中心找點義工做。」

曾又嘉說，除了他爸爸邀請那個人來家裡吃飯喝酒以外，他根本不留任何時間休閒，好像玩樂對他來說是種罪惡。

『喂，你怎麼把自己逼得比我們這些跟政府對抗的人還緊？』

『我沒想把自己搞成這樣，我只是……如果不這麼做，就會覺得自己活得很沒有意義。』

『你可別死了喔，我爸還得靠你。』

『哈！以前的你成天看我不爽，現在倒好。』

『說起以前，你剛來時，我每天都想揍你一頓。』

『現在呢？』

『還是很想揍你。』

『哈哈哈。』

『不過，我老是感覺，你和剛來的時候是不同的人，是兩個人。』

『你在說什麼啊，我那時什麼都不懂，才會很自大。』

『不，一個人再怎麼改變，他講話的習慣可沒那麼容易，你就像突然一夕之間轉變的。』

『你現在是想說我中邪被鬼上身了很多年？』

『靠！不可能。』

『我想，是因為一本書吧。』

後來那個人回家拿出一本看起來已經被翻了很多次、書頁都捲起來的書。

『《花甲男孩》？這什麼書啊。』

『小說。我就是看了這個才有人生的體悟，所以才改變的。』

『我聽你在放屁！』

「我沒信他的話，那本小說看起來普通得要命，我說想借，他還當寶一樣不肯借，所以我也不知道是什麼內容，但肯定沒有藏黃金。」

「《花甲男孩》是嗎？」我記下書名，打算回去上網查查看。

過了大約一年半的時間，曾又嘉又開始出現在各種遊行裡，還會去各個大學鼓吹學生加入他們的抗議。因為這樣，沒有幾個月的時間他又被抓了，由於是第二次被抓，如果沒有其他有力人士的幫忙，他怕是要被關到老了。

「我一直很痛恨政府沒膽直接作掉我，我那時已經說服了好幾百個大學生，我被抓時，有幾個人看到，要是我死了還是失蹤了，絕對會成為抗議的催化劑，可惜了，沒能死。所以最後什麼抗議也沒完成。」他的眼神看起來很空洞，看起來，就像在為那段荒唐的歲月，而感慨。

我不明白為了政治尋死有什麼意義，就算他真的能成為催化劑，又不會有人記得他，更不會有人感謝他。

「我後來被判六年的刑期。關沒多久，那傢伙竟然跑來探監，其實吧，知道是他來的時候，我多少也有個底了。果然，我爸走了，走得太突然，加上我在獄中表現不佳，他們連葬禮也不讓我去。」

『你放心吧，葬禮我都處理好了，會讓你爸好好地走。』

『謝了。』

因為是車禍當場身亡的，所以連個遺言也能留下，留下的只是滿滿的唏噓，以及始終無法見到兒子的遺憾。

『你之後，還打算繼續待在那嗎？你之前不走，其實是為了照顧我爸吧？』

『我……打算離開了。我已經拿到大學文憑，打算去其他地方，找自己想要做的事。』

『去哪？』

『我也沒個頭緒，就搭火車繞著台灣走，覺得想在哪一站下車，就哪站吧。』

『喂、下次見面，我還是會揍你。』

『好啊。』

男人之間好像不需要告別，但是曾又嘉說，他總覺得下次見面，不是大家都老了，就是再也不見了。

茫茫人海，在那個時代要失聯多麼容易，不然就不會有〈超級星期天〉尋人的超級任務了。

「哇賽還超級星期天咧！那都是我小時候的事了吧。」

「是啊，歲月啊就是過得這麼快。」曾又嘉苦笑，「不過沒幾年後，我有收過一張明信片。」

那張明信片大約是二十年前寄到監獄給他的，上面只寫著：『平安』。簡短的兩個字交代了行蹤。

曾又嘉從文件夾裡抽出一張泛黃的明信片。「我出獄後，去這個地方找過他，但他早就搬走了。」

「所以他到底叫什麼名字啊？」我看著明信片，這才想起從頭到尾他都沒提過這個人的名字。

「我沒說嗎？他叫麥新。」

『賣心？是你的心被賣了，還是被狗吃了？我明明記得麥婆是你外婆，你怎麼也姓麥了。』

『你忘了我已經被父母遺棄了啊？我唯一的親人就是我阿嬤，我不跟她姓還能跟誰？新這個名字，代表了全新的我。』

「麥新，這名字聽了，還真不吉利。」我低咕。

「你他媽的你的名字才見鬼！」

我馬上閉嘴，這人也真奇怪，聽他在敘述和麥新認識的過去，好像一直不想承認那是他朋友，但實際上，提起麥新時，他的語氣裡都帶有一點尊敬。

我背下明信片上寄信的地址，「你們直到現在都沒再聯絡上？」

「人和人的緣分就是這樣，該見面的時候，就會見面了。」

我起身，覺得差不多要走了，但其實是怕背好的地址，轉身就忘了。

「喂。」曾又嘉走到房間抱了一箱東西，「你那房東有些東西沒丟完，這些是我跟他要的。」

我看著箱子裡的東西，有的是我的舊課本，還有幾張從相框裡拆下來的照片，「謝謝……」

「做個有用的人吧，這樣才不會對不起你爸。」

他這句話，到底是在對我說，還是對他自己說呢？我看著他滄桑的表情，覺得唏嘘，為了那個民主，他後悔了嗎？

我沒生在那個年代，我無法明白，我只知道，我現在的時代，沒有錢、沒有學歷就什麼也做不了。

＊

一回別莊，就看見阿西在車庫外等我。

「少爺，你最近在忙什麼？」

「忙著，不讓自己變成別人。」

阿西露出聽不懂的茫然表情。

我迅速回房間開電腦，先把地址記錄進去，接著又上網用雅虎查了《花甲男孩》這本書，但完全找不到，不管我換成怎樣的關鍵字，沒有就是沒有。

「難道年代太久，所以沒有資料被記錄下來嗎？」

可是我手上的這本《雨季不會來》也很久了，放在網路上搜尋都找得到，怎麼會那本書找不到呢？

時間還不到中午，我決定開一小時的車，先去看看麥新明信片上的住址。這次我有帶上了阿西，單純就是怕路上無聊而已。

結果那棟公寓因為年代久遠，幾年前就被拆掉，現在變成一間大賣場，什麼線索都沒有了。

「少爺，你要找什麼人嗎？」

「是啊。」

「你可以告訴我，我應該有門路可以幫助你。」

我這才敲了自己的頭一下，對啊，我現在是個有錢有勢的人了，找個人還需要我自己那麼麻煩嗎？

「可是我只知道名字，跟他曾經租過這裡的某個公寓。」

「不要緊，有名字就行了。」阿西沒有透露太多，但光是這樣簡短又自信的回答，就會覺得真的有門路能找。

既然找人的事先不用擔心，那我還得再去一個地方。「阿西，你來開車。」

「是。」

「我們去知本，去你們上次來接我的旅館。」

「有什麼東西忘在那裡了嗎？」

「我快把我自己忘在那了。」我抽出我和爸的合照，彷彿只要反覆看著這張照片，我就還能是我。

我不得不承認，那個換書商店的詭異，絕對不只這樣，如果沒有被女神當頭棒喝，如果沒有回去我家想起我爸，我現在可能已經變成另一個人了。

坐了好幾個小時的車，全身相當痠痛。抵達時天已黑，阿西辦好入住手續後，我就讓他去休息，不用跟著我。

獨自回到這個破舊的換書攤前，上頭一本書也沒有，我看著手中的《雨季不會來》，心想既然能換書，那就能換回來吧。

但是，換回來後，我的人生會改變嗎？這個說要讓我一輩子衣食無虞的乾爺爺，會突然翻臉不認人嗎？

我瞪著上頭的規則，不滿地抱怨：「說什麼答案都在書本中，這本書都翻爛了也找不到啊。」雖然，我還剩下一點點沒看完。

我乾脆靠著一旁的路燈，把剩下的最後幾頁看完。這次我終於沒有再昏昏欲睡，但也沒覺得特別好看，重點都擺在尋找有沒有奇怪的關鍵字，根本無暇去管劇情如何。

「答案，根本就不存在。」

我把書放回書攤上，不想換了。反正原本的書拿不回來也無所謂。

可就在我把書放在攤子上的一瞬間，天空忽然打起巨大的響雷！那聲響雷近到就像有條龍在我頭頂上盤旋、叫囂，我嚇得蹲在地上抱著頭。忽地，原本已經天黑的巷弄，眨眼就變亮了，我已經分不清是我用眼睛看到的、還是腦海想像的，我看見有個人跟我一樣被雷聲嚇倒在地，並且快速地把一本書重新拿起來，他蹲在我旁邊發抖，並且哭喊著：『不要』。

我揉揉眼睛，以為眼花，這都幾點了，不是晚上了嗎？怎麼突然就天亮了？

轟隆隆——

雷聲再次炸裂，一回過神，我也馬上把書拿回來，這才停止。

周遭有不少人紛紛竄出來，大家害怕地看著天空，討論著剛剛的雷聲有多可怕，此起彼落的轎車警報器也還在響，就可以知道這雷打得有多大。

「這是雷公在抓妖，一定是很厲害的妖才響這麼久。」

「你蠢啊，這哪是什麼抓妖，這是天氣異象！等二〇一二就要世界末日啦！」

我趁著這時有很多在地人，隨便問了個阿桑，「不好意思，請問阿姨妳知道前面那個換書商店嗎？」

「喔、那個啊，你不會也是聽了傳聞要來換書的吧？年輕人，別老做白日夢，那種事情怎麼可能發生？」

「什麼啊？他要打聽換書商店的事？」另一個大叔也湊了過來，瞥了眼我手上的書，表情充滿了嘲笑。

「那個換書商店，有過什麼傳聞嗎？」

「你不知道？」

「我不知道。之前來這裡的路上，遇過一個阿姨，她跟我說可以來這看看，但沒說能幹嘛。」

「就是有那種一天到晚編故事騙人的人，才會有那麼多人跑來這裡，搞得那商店跟神壇一樣。」大叔滿臉不屑。

阿桑好心解釋：「傳聞有很多，有的人說可以穿越時空、交換愛情、交換財富還是交換健康，還有人說連整個人生都能交換，各種道聽塗說的傳言，我們這裡的人都聽膩了。但事實上，我從沒看過那攤子上有半本書。」

「沒錯、沒錯，而且那攤子跟那屋子一樣礙眼，我們這兒可是觀光地喔，只有那個屋子看起來最破爛，別人還以為這裡是多窮的地方呢！」另一個頭髮捲捲的歐巴桑也湊進來插話。

「我記得我年輕的時候，還遇過一個人每年就會來這裡一次，從南迴還沒開始通車，到通車後就變成半年來一次，每次都來那個攤子前，一站就是一整個下午，怪詭異的。」大叔摸著鬍子回憶。

「是男人嗎？」

「對，就是個男人。」

「你說的是阿新那小子吧？他每次來都會來光顧我的麵店，我知道他！」連麵攤的老伯都圍過來，我瞬時覺得這裡就快變成一個小集會了。我真是太小瞧街訪鄰居的八卦功力，簡直比水果日報還厲害！

「阿新那小子啊，跟那個濫好人阿萬也認識來著，以前都是他們一起來我這吃麵，有次我聽到他們在聊什麼換書的，但我那時沒敢問，幾年後，阿萬就走了。你們也知道，那麼好的一個人，就這麼走了。不過阿新還是會一個人來，有次我就問他，為什麼要老是待在換書攤那。」

『大叔，你相信這個換書商店的傳說嗎？』

『誰信啊，要真換書就可以換一堆自己想要的，那我早換了。』

『那你怎麼能確定自己換到的就是想要的？』

『我……我也不知道，但總比我現在孤家寡人地賣麵、也沒半個家人來得好。』

『我也換過了喔，可是我也沒有家人了啊。』

『啊？你換過？』

『我以前啊，是個很有錢的少爺喔，結果換了一個窮光蛋的人生，雖然很寂寞，但卻比以前快樂。』

『又窮又寂寞，哪有什麼快樂，不就跟我一樣。』

『是啊，很矛盾吧。』

『就算你真的有換過好了，那你又為什麼每年都來這裡待著？還說不後悔！』

『我來悼念我自己的，雖然我以前的人生窮得只剩下錢，但我還是想悼念那個自己，希望換到他的人，不會迷失、也不會變成和我那時一樣沒用。』

「後來啊，你們也知道，沒幾年阿新突然就不來了。」

「聽你說的，如果真的能換書，我也想要那個窮得只剩下錢的人生。」一旁的大叔笑道。

一個被人一笑置之的話題，在討論結束後，大家就一哄而散了，幾分鐘前那奇怪的響雷，他們已經完全不當回事。

最可怕的是，我現在驚訝得動彈不得。從『阿新』這個名字出現開始，我就說不出話了，還一直冒冷汗，隨著老伯說說得愈多、我愈害怕，再加上剛剛打雷時，我分明站在一個不同的世界裡。我很確定。

我看到的白天、還有那個男孩是誰？他就是麥新嗎？我沒看清楚他拿起來的書是不是《花甲男孩》，一切都發生得太快了，就像我得到這個人生一樣。

「穿越時空是真的。」我喃喃自語著，大腦混亂又疲憊。

＊

我發現我忘了問曾又嘉，最後一次見到麥新是多少年前的事了。

睡了一晚好覺，我總算能好好整理，目前收集到的所有資訊。。

假設我和麥新交換了人生的話，好像說不太通，我們家在我爸過世之前，雖然稱不上富裕，但也不算窮光蛋，當然我也是在我爸走了之後，才知道他為了付高昂的學費，幾乎是月光族了，可我從沒感覺家裡很窮。

而且，我好像也沒麥新那麼大愛，還會去照顧別人家的爸爸什麼的，根本不像我會做的事。

——希望換到他的人，不會迷失自己、也不會變成跟我那時一樣沒用。

我的腦海又想起這句話，我想麥新萬萬沒想到這句話，居然千迴百轉地傳到我的耳裡，該說是命運神奇，還是造化弄人呢？

我的頭有點痛，趕緊吞了顆止痛藥，才能繼續思考。我發現自從我開始抵抗改變，頭就愈容易疼痛。

昨晚我又夢見小說的內容了。今天早上剛起床意識不清時，我差一點，就要打道回府了。

我早上只有一個念頭：「我沒事待在這種鬼地方要幹嘛？這種沒有電腦可以玩的地方簡直無

聊得要命！」

我甚至在梳洗完後，迅速地收拾東西，直到我和爸的合照從髒衣裡掉出來，我才馬上清醒。我用力敲了自己的頭好幾下，才把奇怪的念頭趕走。

這真的不是鬧著玩的，換書等於換了人生，好像連靈魂都會抽乾一樣，我不想變成那種，整天只會吃喝玩樂的少爺，我、我還有很多很想做的事，最重要的，我不想讓女神討厭我！

我和女神的電影之約還沒完成，怎麼可以就這樣被毀了！

反正只要找到麥新就好辦了，我們可以一起討論看看，能不能把人生換回來，換書規則說，答案就在書裡，那一定是想要我們只能靠自己吧。

「少爺，你看起來好像有很多煩惱。」阿西忍不住說道。

「別管這個了，你幫我去打聽一下，濫好人阿萬以前住的地方在哪？現在就去。」

「濫好人阿萬是嗎？我明白了。」

「不是的，他只叫做阿萬。」我有時覺得阿西真像個機器人，就像機器戰警一樣。有效率的機器戰警，不到一個小時，就帶著情報回來了。

地址是在半山腰那，聽說現在已經荒廢，因為這幾年當地人嚴重外流，很多田地就這樣被遺忘，連帶田附近的住戶也都搬走了。

那是一間很普通的小平房，外頭的門已經壞了，懸掛在那晃呀晃的，阿西在裡頭巡視過一番，才讓我進去。屋內日常用品雜亂地四處散落，地上還有很多狗大便，我腦海裡的另一個自己，相當牴觸這個地方。我只好又敲了自己的頭好幾下。

我在裡頭東翻西找，想要找到一些有關於這個人的一切，卻什麼也沒有。

「少爺，你來看看這個。」阿西指著一個枯萎的盆栽下壓著小本像手帳的東西，而且盆栽還被放在角落，就算有人進來也根本不會注意到。

翻了翻手記，寫的都是一些無關緊要的瑣碎，我很失望，剛剛還以為裡面會有什麼驚人的祕密呢。

14

我終究是沒找到麥新的更多線索，他給我的形象很飄渺、像個不存在的人，好像這個地方到處都有人看過他，卻沒有一個人真正認識他。

為什麼後來不再來這裡了？找了一半就斷掉的線索，就像看柯南只看了事件篇，但解決篇卻被禁止播出一樣痛苦。

在阿萬家除了找到那本不知道是誰的手記之外，其他什麼也沒有。手記的內容都是一些無聊的心情筆記，完全都沒提到寫的人是什麼身分、或是任何可揣測形象的內容，我翻了一大半就沒心情繼續看了。

「少爺，要出發了嗎？」

「等等，我去一個地方一下，你在這等就好。」我重新回到了換書商店前。

就在昨晚，阿西幫我調查的結果也出來了，回報說麥新最後住的地方就是那間已經被拆掉的公寓，之後就再沒他的消息。我覺得很厲害，因為麥新明明不是他真正合法登記的名字，而阿西這樣也能查得到。

雖然查到這些，但仍然查不出他原本的名字和身分，原因是因為他在那個社區所使用的證件，據說都是偽造的，在那個偽造還不廣泛的年代，並沒有人發現他用的是假證件，也因此，除了他最後住的地方，就再也找不到他其他的足跡。

阿西說，很有可能是，他後來回歸真實身分，不再使用假證件，所以才會消失得這麼徹底。不過，阿西倒是查到了，原本住在麥新隔壁的鄰居。

『有次他說他就要離開這地方了，打算去很遠的地方繼續完成自己的夢想。』鄰居的證詞，只有提供這些資訊。

依照麥新那麼愛幫助人的個性，可能已經長期在國外一些偏遠地方定居了。

我站在換書商店前，腦海馬上就想起那天看到如幻覺一樣的畫面，雖然我想不起來那個人拿的書是哪本，但我記得，他有一雙沒有黯淡無光的眼睛，如果那個人就是麥新，而現在我變成他，那麼——我也會變成那樣嗎？

那種不相信這個世界，覺得這樣把自己關起來最好的表情，好像只要自己先故意態度差、故意引人生厭的話，就不會受傷的表情。

想想，我對我爸，一直以來也是那樣的。

我們的感情不好也不壞，我始終按照他想要的當個乖孩子。我一直很希望他能多對我笑、多誇獎我一點，可是他並沒有回應我的期待，所以漸漸的，我們的心愈隔愈遠，從每個禮拜會打一次電話回家，到最後變成一個月一次。

因為我很害怕，害怕自己會被他的冷漠刺傷。

一瞬，腦海閃過了，當傅元黑冷漠對待我時的畫面。不知為何，那個畫面和麥新一個人屈膝坐在這的畫面，重疊了。

「嘿！我會好好的把你的人生活下去的，所以你也要珍惜你的人生。」我對著空氣說話，天真以為這樣就可以把話傳到，和我隔了一個時空的人。

「我在想啥啊，以為在演《夜巡者》啊。」

其實，我和麥新很像啊，在還沒有交換人生之前，我們都在逃避那個，渴望得到關愛的欲望。而為了怕得不到，只好先拒絕，本能地逃跑。

真蠢。

我們都一樣蠢。

回家途中，我慣性地把照片拿出來看，想著在鏡頭下笑得燦爛的爸爸，當時是為了什麼而笑。照片上的我才小學吧，也笑得像傻瓜似的，明明背景是家裡，卻還笑得像出遊一樣開心。

不迷失自己的活下去啊，我做得到嗎？

*

時序一下子到了開學。從知本回家後，我不再執著於麥新的事，畢竟怎麼找也找不到，只能猜測他是出國了，我也沒再去找曾又嘉，想來應該是做賊心虛吧，我怕他發現，我和麥新有著相同的祕密。

說起來，現在的這種生活對我來說很好，我可以做很多事，畢業後，也有足夠的錢去上課考公務員，連要出國留學，對我來說都很容易。

用遊戲來比喻的話，我就像突然開掛一樣，不用再勤奮地1%、1%慢慢練，而是直接掛到封頂，開始做所有想做的事。

開學後，我很不習慣從豪華的房間又得睡回窄小的宿舍，連學校的飯菜，都難吃得如同嚼蠟。奇怪，以前的我怎麼有辦法吃這麼多？還是學校換廚師了？

「欸阿雄，怎麼感覺過了一個暑假而已，你的形象改變得很多？」建奇問道。

「啊？我有嗎？」我躺在床上無趣的玩著PSP最新款的遊戲，覺得建奇的問題很無聊。他想多了吧，我不過就多了很多新遊戲，電腦也換新的，哪有什麼改變。

我可是每天起床和睡前都會看一次照片喔，只要我一直有看照片，那麼我就不會改變，我還是我。

「我是沒權問你要怎麼處理你爸留給你的錢啦，但你突然變得很揮霍就算了，好像對上課也沒那麼有興趣了。」

「你對上課也一直沒興趣啊。」

「好、好像是叭。」

「我不是讓你去幫我打聽女神還喜歡什麼嗎？」

等了幾秒，沒聽見他回我，我才抬起頭看他，只見他表情忽然很嚴肅。

「你以前，也不會這樣跟我說話，我當你是兄弟才答應幫你，但不是你的小弟！」

「不是啊，不是說好你幫我打聽到，我就給你這台PSP嗎？」

他的眼神閃過一絲不悅，不再多說地用被子蓋住頭。

「搞什麼啊！自己答應又自己在那邊……」我完全不明白建奇怎麼了，從一年級開始住到宿舍，我們一直沒吵過架，就連我有起床氣，每次被他叫醒都發作，他也不和我計較，現在是怎麼了？

隔天，他還害我整整睡過頭了兩堂課的時間！

我很不爽那個建奇居然沒叫我，當教授叫我去辦公室時，我心說這下完了，要被死當了。

「陸同學，你身體不舒服吧？所以才睡過頭了，不要緊，我沒有記你曠課。」任教授是出了名的嚴格，上次有人遲到五分鐘就被扣了很多分，我早上的兩堂課都沒跟到，他居然……

「我跟你爺爺是舊識了，他有沒有對你提起過我？他不是回來了嗎？」

「我爺爺？」

「是啊，我已經聽說了，他收養你當孫子了，不是嗎？」

我心裡忽然生出一種很討厭的感覺，卻只能點頭承認。眼前這個嚴格的教授拚命的對我獻著殷勤，讓我很困惑，到底學校是怎麼知道的呢？

對了，是監護人轉移了吧，所以才傳開的，再加上爺爺的新聞三天兩頭就出現一次，他現在已經因為證據不足不起訴，一堆人恨他恨得要死，但也有一堆人，想巴結他想得不得了。

我的目光一沉，心想著：啊啊、這就是麥新原本的世界啊，不光是有錢花不完而已，連特權什麼的，都是隨手一抓就有了。

恍神走路時，一不小心就撞上了人。「喔、抱歉……」

定睛一看，竟然是女神。

她只冷冷瞥了我一眼，甩頭就走。

我沒有去追她，也沒有回頭可憐兮兮地，看著她走遠的背影，我忽然覺得做人不能沒有自尊，為什麼我要那麼委屈求全，整天跟著她的屁股跑呢？

就算我把她捧得像個公主，她還是會對我不屑一顧，不是嗎？

我煩躁地翹掉一整天的課都沒上，以校規這麼嚴格來說，我應該早就被叫去訓話或罰跑步了，可是直到傍晚我去食堂時，都沒人來教訓我。

取而代之的是，早就有人幫我盛好飯菜在等我，一群我完全不認識的人。他們左一句雄哥、右一句雄哥，把我叫得飄飄然。當然在這些人裡面，我沒有看到建奇，他不知道去哪了。

晚上回到宿舍，建奇的東西都不見了，取而代之的是個不認識的同學。

「雄哥，我叫阿進，以後雄哥有什麼吩咐，儘管說！」

「建奇呢？」

「他已經和我換宿舍了。」阿進的表情很開心，好像這是多幸運的事似的。

阿進很勤快，他把宿舍打掃得很乾淨，我要幹嘛幾乎不用自己動手，我不需要他的時候，他可以安靜得像不存在，比起建奇老是打電動吵得要命，完全不一樣。

可是，我的內心卻愈來愈空，愈來愈填不滿。

再也沒有人會直接對我開玩笑了，也沒有人會連打帶罵的把我叫醒去上課，因為就算我遲到，這個學校也沒人會管我。我變成一個行動版的無法地帶，無論做什麼，別人都順從我、原諒我，不論做什麼，大家都只會一味地誇讚。

我覺得生活再也有趣不起來了。

就像開掛封頂後，每個曾恨得牙癢癢的王，都能隨便打死，每個曾打得難分難捨的對手，隨便就被我的神裝打趴在地，一樣。

我一個人站在頂樓發呆，手上捏著的，是和爸的合照。「明明我每天都看照片了，為什麼……」為什麼我還是愈來愈不快樂，更一步步地，變成麥新那種樣子，一步步走向那種只有別人服從我，卻沒有真心的世界。

「喂！別在這裡自言自語好嗎？很礙眼。」

女神又再一次出現，這次她高高在上，坐在比我高一大階的水塔邊，她拿下一邊的耳機，用眼神鄙視我。

「妳……」

一陣強風吹來，手上的照片就這樣被吹掉，我緊張得想去抓，卻抓了個空，只能眼睜睜看著它愈飛愈遠，遠到不知道要被吹去哪……

「不！」

我崩潰大吼，雖然還有其他幾張照片，但那是唯一一張我跟爸都笑著的照片了！失去那個，我會不會連我們曾經是怎麼笑的，都會忘記？我用力搥著牆，無計可施的惶恐，讓我覺得自己好沒用！

忽然，女神跳了下來，我以為她要跟我說話，卻只轉頭就走。

「妳去哪？」

「這個地方已經髒了。」

「我就這麼讓妳討厭嗎？」

「你連讓我想浪費力氣討厭的動力都沒有，就只是想避開你就好。」

我想起了建奇，他也是從換了宿舍，就一直避開我。「為什麼？」

她只冷笑了一下，就走了。

我覺得自己受到了莫大的屈辱，之前我一直追她、她都不為所動就算了，現在居然敢對我鄙視到這種程度，她以為自己是誰？

我立刻撥了通電話給阿西，「如果我說，我希望學校能把人退學，這種事也辦得到嗎？」

「……可以。」

「那好，有兩個人，我希望你能盡快處理一下。」掛上電話，換我露出了冷笑，這些人太不知好歹了，我這樣對他們好，他們卻一個個這樣回應我，別人想要我對他們好，還求之不得呢。

阿西的處理速度很快，隔天一早，學校的佈告欄就造成不小的騷動，不需要我開口，阿進就慌忙跑來告訴我，建奇跟那女的都被退學了。

「這種無聊的事情，不用跑來告訴我。」我忽然今天又不想上課了，轉了個方向，乾脆回去宿舍打電動睡覺。

那兩個人都被我趕走了，尤其是徐雅筑那女的，我再也不用每天苦惱，她什麼時後才會答應跟我出去，比她漂亮的女生，現在只要我開口，應該每個人都會答應我吧，因為我現在的身分，就是這麼不同。

而且，我覺得很快樂，非常快樂。

*

「雄哥……雄哥……你沒事吧……」

我睜開眼睛，看見阿進一臉擔憂，而我自己則是全身都濕透了。

我做了一個夢，夢見蹲在換書商店前的麥新，原本，他的臉還很模糊，最後突然愈靠我愈近，最後變成一個黑洞把我整個人吞噬！

「別管我，回去你的床上！」我煩躁怒吼！重新蓋好被子，腦海卻還是一直出現那個夢，好像我一閉上眼又會掉進黑洞似的。

我乾脆拿著小說到廁所去，本來想把整本小說丟到馬桶裡算了，突然，又想再看看這本小說，好像這樣就可以蓋過腦海那些恐怖的畫面。

我就這樣看到了天亮，都沒再闔眼，打開宿舍的窗戶，窗外的冷空氣就這樣吹進來，用力吸了一口，冰冷的氣流穿過了身體，也穿過焦躁的大腦。

小說雖然內容憂鬱又沉悶，卻意外成了轉移注意力的替代品。第二次看完的感受，和第一次看完不同，至少它成功讓我稍微冷靜下來。

「我到底，都做了什麼啊。」

我居然一個不留神，就被充滿了權力欲望的人生給昏了頭，然後做了一件可怕的事！那兩個人……都是我重要的人啊！

我不能再繼續在這裡待下去，我要離開！一刻也不想再多留！

隨便整理一小袋行李，我大搖大擺走到門口，警衛一見是我，居然直接放我出去。

這種嚴格的學校，怎麼會變成這樣？

不，是我害這個學校扭曲的。

我不知道自己能去哪裡，此刻的情況，跟我當初狼狽從家裡逃出來時很像，一樣徬徨無助，只能漫無目往山下走。

一直快走到山腳下，在這清晨的山中，我竟然聽見了兒歌聲，順著聲音，我走進一條小路，不久便看見一棟老舊建築，聲音就是從這裡傳來的。

裡頭有一群大大小小的小孩，跟著一個歐巴桑做早操。

「園長，那裡有奇怪的人！」其中一個小孩注意到我，馬上大聲嚷嚷。

歐巴桑警戒地走過來，原本以為她會趕我走，沒想到卻說：「你想要進來和我們一起做早操嗎？」

我點點頭，就這樣愚蠢地跟著他們一起運動，還一起吃了只有一片土司的寒酸早餐。

小朋友一開始對我很怕生，相處一個多小時，已經漸漸對我卸下心防。

他們的問題都很天真，他們的「為什麼」也多到應付不完，但是不知道為什麼，在回答一個又一個問題，丟接一次又一次的棒球後，我那焦慮的心，終於平靜下來。

他們的眼神裡，閃著和以前的我，很像的眼神。是渴望愛的眼神。以前我明明渴望，卻從來不像他們這樣勇於表現，比起來，他們比我勇敢多了。

晃眼，竟然已經在這裡待到快傍晚，小朋友們都被催促著去洗澡，園長這時才走過來搭話。今天一整天，她除了邀請我進來之外，都沒再和我說過話，我心裡有點愧疚，因為我原本以為她是那種，會對我滿臉不屑的阿姨，但她卻親切地讓我待了一天。

「孩子，你今天過得還快樂嗎？」

「我很久都沒有這麼快樂過了。」

「很多人都以為，付出這種沒有回報的幫助，只是自我滿足，但事實上，這樣的付出反而最快樂，因為那是一種最純粹的，被需要的感覺。」

「被需要……我被需要了嗎？」

她露出了大大的微笑，「今天小朋友們不都黏著你嗎？」

一瞬間，我彷彿找到一塊救命浮木，唯有繼續緊緊抓著這塊木板，我才不會繼續下沉。

園長說，如果我想來還可以來。

她並沒有冠冕堂皇地說：「看看這裡的孩子生活得多麼可憐，你應該要好好惜福。」這種話，她只是給了我一張口頭的許可證，讓我還能再來和小孩子們玩。

我很想問她為什麼要對我這麼好，但我今天也同樣沒有理由地，對小朋友們好。我明白了，付出這件事，有時候並不需要原因。

就像爸、像建奇，像之前任何出現在我生命的任何人，也像原本的我。

「我不想迷失啊，不想迷失的。」

此時，路肩停了一台黑頭車，阿西就站在那等我。

「回家吧。」他只說了這一句話，我卻感到眼睛有點酸。

從學校回去要兩個多小時的車程，一路上我們什麼話也沒說，他也沒說爺爺那邊是怎麼看待我逃學的。

「我不想讀書了。」

「好，明天我就去辦退學手續。」

「之後也暫時不想念任何的學校了。」

「了解。」

「阿西，我要怎麼做，才能不忘記我自己？」

我以為他這次依然要用沉默回答我的奇怪問題，可他突然摘下了無論白天黑夜都沒拿下的墨鏡。還好，我看到的不是一雙機器眼，是真正的人眼。

「記住自己的眼神，永遠不要變就行。我為了生存，也曾經什麼事都幹過，做那些事的時候，我也曾害怕一個不小心，就會一直迷失下去。但人啊，只要努力，沒有什麼事做不到，當你真的不想忘記自己，就每天做一件好事吧！一件簡單的好事。」

簡單的好事。

那麼我今天會這麼快樂，是因為，那也算是簡單的好事吧。

「你每天真的都有做到嗎？比如呢？」

「比如面對少爺你，就是每天一件的好事。」說完，他重新把墨鏡戴上，不再說任何一句話。

我被這句話堵得語塞，接著就笑了，笑得停不下來！

也是，像我這樣沒事就欠扁地命令他做那麼多事，還要惹一堆麻煩讓他去處理，他能那麼心平氣和對我，就是日行一善了！

「阿西，謝謝你。」

他沒有回答我，卻難得播放了平靜的音樂。我看著反光窗戶中的自己，我想記住我現在的眼神，絕對不能再忘了，一定要永遠的記住現在的樣子，如果說交換一個無虞的人生，所需要付出的代價是做人的基本，那麼我會永遠跟它對抗下去，哪怕最後，我只剩下一絲絲理智，我也想保留下來。

「阿西，你的日行一善可以再多一條嗎？如果我又變成那個囂張跋扈的樣子時，你可以揍我嗎？」

「少爺是認真的嗎？」

「對，請狠狠把我打醒，請你一定要這麼做。」

「好的，我會和老爺報備這件事。」

「報備？」

「因為我不知道狠狠地揍你，會不讓你送醫院，所以得先報備少爺有這樣的需求。」

「……好，你報備吧，我不怕住院。」我深吸口氣，只有這樣，我才能不忘記原來的我。

「對了，這個給你。」阿西說著，從排檔邊拿出一張照片給我。

「這……你在哪找到的？」是我那張被風吹走的照片！照片看起來有許多刮痕跟髒汙，但很明顯都已經被人用力的擦掉了不少。

「不是我找到的，是你那個被退學的男同學拿給我的，他說他那天在樓下，看到你為了這照片差點掉下去，所以特地去找回來……在我通知他們被退學時，他轉交給我的。」

「建奇嗎?!他、他……」

「他說，你爸過世後，對你的打擊一定很大，才讓你有這麼大的轉變，他不怪你。」

此時此刻，我彷彿被愧疚螫得又刺又痛。

「阿西，你明天能盡快幫他們找個更好的學校嗎？」

「夾層那裡有份資料，少爺可以拿出來看看那兩間學校可不可以，確定的話我明天就去辦。」

我愣了愣，看完資料發現，全都是比現在的學校更有名的大學，而且全都符合他們專精的科系，阿西居然連這一步都先做好了，他果然很像機器人啊！

「謝謝。」

「少爺還是別說太多次謝謝，我會起雞皮疙瘩。」

我笑了笑，把照片小心收好，也把原本的眼神，努力保管好。

叮鈴——

這一刻，我彷彿聽見了當初換書商店的那個鈴鐺聲，那聲音充滿著魔性，就好像在伸手招引著我，要我再次變成那個麥新一樣。

——我不會變成你的，永遠不會。

但如果有一天能見面的話，我想我會代替麥新，當著他的面，打我自己一拳，並且告訴他：

「以前的你真是個畜生，但還好，我努力把你活成了一個人。」

我一定要這樣驕傲地對他說，一定。

15

二〇一七年。

「老師，這個蠻牛給妳。」

準備下課時，我被資凡這小小的舉動感動了——或許是我真的把自己的日子逼得太緊了，差那麼一點，我就要哭了出來。

「謝謝。」

我把蠻牛緊緊握在手裡，無法再多閒聊，緊接著要趕著去下一個學生家教英文。我的行程基本上已經滿得讓我連停下來思考的時間都沒有。

白天我在飲料店兼職，傍晚禮拜一到禮拜五全都排滿了家教課，六日得在k書中心待上十四個小時念書，這種日子，我已經連續拼了兩年多了。

如果不這樣工作，根本付不起我的生活費、還有媽媽在養老院的費用，更不用提，我為了考中醫還花了不少錢買課程、買書。

每天每天，我都覺得自己被錢還有時間追著跑。

我總想著，如果有一種東西可以吃了再也不用睡覺的話，那該有多好。這樣我可以打更多的工、念更多的書了。

才剛從資凡家衝下來，一個熟悉的人影，讓我愣了愣，那個人，是我男友Leo。

他依然開著價位偏中高的車，打扮得和我格格不入，他就像是接下來要去夜店或哪個高級餐廳的人，而我，只是個活在城市最邊緣的人。雖然我們已經交往八個月，我到現在還是不明白，他為什麼要跟我在一起。

「上車吧，我今天剛好有空，等妳那邊結束，我們再去吃個東西。」我其實很想到時直接回家吃個泡麵就睡了，但我無法說出口，明明我和他是那麼不同，但這些日子以來，我逐漸習慣看著他，就有莫名放鬆的感覺。

「那是什麼？」一上車他就好奇的問。

「學生給的慰問禮。」我輕輕一笑，看著這瓶蠻牛，我都捨不得喝了。

「真好。」

「好什麼，你喜歡喝，等等也去買啊。」

「我不管怎麼做，好像也無法讓妳那麼感動。」

「……」輕描淡寫的一句話，是我們之間從一開始到現在的老問題。我很累，累到已經連爭吵的力氣都沒有，最後只能看著車子經過一個又一個的紅綠燈，等著目的地到來。

＊

將近一年前，Leo 本來是個路過來買飲料的客人之一，那天的天氣很不好，陣雨忽下忽停，讓人心情特別鬱悶，整個城市都陷在一種焦躁的狀態裡。

「妳說，雷神是不是今天心情不好？」他一上門不是說要點的飲料，而是說了這句不著邊際的話。

「下雨跟雷神有什麼關係？」

「嗯？妳居然沒說索爾？」

「……」我根本沒那個閒錢和閒時間去看電影，雖然我知道雷神索爾，但他現在是說冷笑話嗎？我覺得很難笑！

「請問您要點什麼飲料呢？」

「我要多多綠。」他沒再繼續奇怪的話題，而是詭異地笑著。從那天起，他居然天天在同一個時間，連續買了一個月的多多綠。

「多多綠嗎？」一見他走過來點飲料，我脫口問道。

「妳總算記得我了。」他的眼睛亮了起來，看起來很高興。

「什麼？」

「我每天喝同一種飲料都快膩死了！妳終於直接對我說多多綠了！」

他這些莫名奇妙的話，害得我被其他同事猛看，有的還在偷笑。

「你到底要不要點多多綠？」

「我不要多多綠了，我要妳的電話、妳的LINE。」

「你不點的話，麻煩讓下一位客人點。」

「後面的人，你們如果可以給我五分鐘，等等點多少杯都算我的！」他得意的說完，果然引來一陣歡呼，甚至還有人誇張地在那高喊：『在一起、在一起、在一起！』，我被他這種不知道從哪個偶像劇裡學來的舉動，驚訝得無言以對。

「你……」

「小禾，妳就給他啦。」

「對嘛，而且他還滿帥的耶，妳不給、我給囉！」

我覺得很丟臉，迅速把聯絡方式給他。從那天起，我整天都被同事拿這件事當話題，我都想找個地洞鑽下去了！

這個雷神索爾，我一定要讓他吃閉門羹才行。

當時，我原本是這樣打算的。可他並不像其他的追求者，總是聊自己想聊、或是不停問我何時能私下出去。

他只是保持著禮貌的距離，像個普通朋友一樣，一點一點在我那幾乎沒什麼時間回LINE的空檔裡了解我，直到兩個多禮拜後，我懊惱地說著忽然下起了一場大雨，我怕教課的書濕掉，只好在路邊的遮雨棚等雨停。

『學生那裡最多只能遲半個小時，不然就會上太晚了，這天氣也太討厭了吧！』我在LINE

的貼文上抱怨，發洩情緒。

『附近難道沒有什麼超商嗎？』不到一分鐘的時間，他就留了第一個回覆。

『這裡雖然是住宅區，偏偏躲雨的地方都是餐廳，我都想跟去裡頭吃壽司的人借傘了。』

『妳不如直接進去吃個壽司等雨停還比較實際。』

吃那一頓得花多少啊！我沒有再回他，只能繼續瞪著天空，想著這樣瞪著瞪著，會不會雨就停了。

雨，當然沒有停。可是他，卻出現了。

撐著一把黑色的傘，一頭亂髮好像剛剛才睡醒似的。

「你、你怎麼……」

「我剛好住附近——才怪，快上車吧，應該趕得及讓妳只遲到半小時。」

那是我們自從交換了聯絡方式後的第一次見面，也是我和他在一起的第一天。

他居然在我學生家的樓下等了三個小時直到下課，然後載著我去夜市吃晚餐。

「我喜歡妳。」載我回去牽車的路上，他冷不防告白，讓我瞬間紅了臉。

「和我在一起吧。」

「我沒辦法和你在一起。」

「為什麼？妳的同事都告訴我了，說妳沒有男朋友。」

我嘆了口氣，大致說了我的忙碌人生。「這樣的我，根本沒有時間交男朋友啊。」

「那我就每天接送妳去上課，就像今天這樣，不就有時間了嗎？」
「這樣也算交往嗎？」
「妳這樣，讓那些國外遠距離的要怎麼辦？我們只是隔了一個行政區而已。」
我那天就是太感動了，感動他突然出現、突然告白，感動他那讓人沒有壓力的相處，所以才會答應他。
回神，我從八個月前的記憶飛回現在。
我們的相處出的問題就在於，他老是想要拿錢給我，說什麼這樣我就可以少點時間工作、多點時間休息，他甚至還說，他可以給我每個月我需要賺到的薪水，這樣我就能輕鬆點。
當他第一次這麼說的時候，我氣得三天都不回他訊息。
這是我的人生，也是我自己選擇要過得這麼累，我的人生不需要任何人來插手或干擾。
而且我最討厭拿別人的東西，只要拿了，就再也沒有理由做自己了，且地位也不再平等。
他說他不會這樣，無論他怎麼說，我們到最後還是吵起來，他也只能不再提這些，讓我繼續維持原來的生活。
今年又落榜沒考上時，我其實累得快撐不下去了！中醫沒那麼好考，全職考生都還一堆人沒考上了，何況是我這樣的在職考生。
我很累，累得好像下一秒閉上眼睛，就再也睜不開一樣。但如果是那樣，我肯定會死不瞑目吧。

我一定要考上，一定要改變自己的人生，所以一定要撐下去才行……即使那樣，我可能會失去愛了我八個月的男人。

我一句話都沒說地下車，想著Leo可能又會像上次那樣，賭氣的讓我自己回家。

果不其然，等到我下課後等了十分鐘他都沒來，我也不想和他聯絡，摸摸鼻子，自己搭公車回家。

『妳知道，我從來就不怪我們相處的時間太少、甚至連像樣的約會都沒有，我累的是，八個月了，妳始終把我推在門外。』

我看著他傳來的訊息，想著下一句就是分手了吧？也好，這樣的我，和他站在一起一點都不般配。

Leo沒再傳下一則訊息來，我為了分散自己的注意力，乾脆滑起Dcard，看著別人發的一些莫名奇妙的文章，轉移心情。

我注意到一個標題：『有沒有人有去過換書商店的掛？』。

我聽過那個都市傳說，在高中時，我依稀記得有同學去了知本旅行，說在那裡看到一個奇怪的商店，關於那個商店的傳說有很多。

有人說交換書籍等於交換人生，也有人說交換書籍便能穿越時空，更有人說還能交換愛情，雖然這種事情很虛幻，但對於生存在地獄中的我來說，卻是個很好的幻想。

我都忘了換書商店這件事了。

發表文章的人說，她真的跑去換了，但什麼事也沒發生，所以才想問有沒有人也換過。

當然下面有一半的人說得誇大其詞，有的人也會吐槽是造假等等。突然，其中一個留言引起我的注意，『妳如果真的換過，就不會在這裡發文了，因為妳的人生應該已經改變了。』

人生這種東西，真的那麼容易改變嗎？

像我處境這麼困難的人，難道換了就能不困難了？

我感覺到臉上有股熱流，摸了摸臉，才發現我竟然哭了，這一哭就停不下來，哭到旁邊的乘客都被嚇到，我就像要把所有的疲勞和壓力一次哭乾一樣，哭得很用力。

過了一個多小時回到家，我慢慢緩過心情，躺在那張小小的床上，有一下沒一下地抽噎著，我忽然覺得輕鬆好多，那些沉重好像被眼淚減輕了很多。我甚至有個衝動，想要明天請假一天去知本！去看看什麼叫做交換人生。反正我已經在谷底，還能多糟呢？

＊

結果我真的衝動地跑到知本來了，在這個秋天快要轉換成冬天的季節，不冷不熱的溫度剛剛好。上一次的旅行，是我的高中畢業旅行，那次去六福村，雖然同學都說早就來過了，但大家一起玩樂的記憶真的很美好。

每個晚上都聊到半夜才睡，每一天都像遠離了我討厭的現實一樣不真實。即使現在，大家都忙著新生活很少聯絡了，我還是很珍惜那段日子。

我忙碌地確認著店長和家長們都同意了我的請假後，這才安心下來。出了車站，民宿的老闆娘開車來接我，她看起來有些年紀了，卻很熱情。

「昨天半夜打電話的時候，我還以為不會有人接，希望沒打擾到妳。」一上車我就先道歉。

「沒事，我平常也晚睡，而且妳還真幸運，前兩天剛有人臨時取消一間房，不然依照現在泡溫泉的旺季，沒有三個月前訂，還訂不到呢！」

或許是平常教課教累了，我大多習慣傾聽，也不太喜歡聊自己，所以就一路聽著老闆娘介紹著哪裡有東西好吃、哪裡一定要去。

她說民宿離溫泉街大概要走十五分鐘的路，不想走路的話，可以騎民宿的腳踏車。

「晚餐時間最晚到八點，要記得趕回來喔。」

「好的。」

真像家人的對話哪。

難怪現在的人大多喜歡住民宿而不是旅館，我已經好久好久，沒聽到有人叫我早點回家吃飯了。

我決定散步上去，用ＭＡＰ設定好換書商店的座標，發現這裡距離那邊才十分鐘而已。

我有點緊張，不知道換了會不會真的發生什麼。這感覺和小時候實驗《靈異教師》裡的各種靈異事件很像。

我印象最深的是數階梯的那次，慢慢爬上去時，緊張得心臟都快跳出來了，三個女生數完，還自己嚇自己的一路尖叫，一個沒踩好，三個人一起滾下來，現在想起來真是又蠢又好笑。

我現在的心情，就和數樓梯時差不多。

有一種很期待會不會發生什麼事，又很害怕的感覺。

順著導航，上頭顯示著目的地就在這條路的盡頭，只剩下三百公尺的距離，我挑望一下，遠處確實有個紅色的攤子，和網路上形容的一樣。

一步步接近，還沒看清楚上面有沒有書，我就聽見了一陣迷幻的風鈴聲。

叮鈴——叮鈴——

「換書商店、自由換書。」我呢喃著上頭寫的字，全身莫名奇妙的起了雞皮疙瘩。

上頭擺了幾本書，我有點忐忑，拿出在車站的超商裡買的《花甲男孩》，這本小說改編的電視劇最近非常的火紅，幾乎是無人不知、無人不曉，我在超商挑了半天，選擇了它。

比起其他的愛情小說還是輕小說之類，這本勵志的小說更適合拿來交換吧。

可是，如果可以交換人生是真的，那麼換到我的人生的人，會不會有點可憐？

我決定要提醒他一下，我的人生有什麼優點或缺點，這樣他也許有機會能後悔。

——給交換了我的人生的人：我不知道我能被交換什麼，唯一的優點就是還算孝順，但缺點是條件樣樣不如人，就因為這樣，我的夢想才那麼難實現，在這個什麼都要講背景、講錢的世界，要圓夢是如此困難，無論如何，願你能夠變得幸福。

我在書的最後一頁寫下這段話，內心那股愧疚感也減少了一些。「我的人生還真的，沒有什麼可取之處哪。」

我看著上頭的幾本書，每本書看起來都很舊，跟我平常為了古文訓練而看的書完全不同。最後，我把目光放在《迷園》上，感覺那會是一本和我一樣對生活很迷茫、很掙扎的書。

換書規則如下：

一、請用一本書交換另一本書。

二、一旦交換便無法換回。

三、交換後發生任何事一概不負責，答案都在書本中。

如違反以上規則，後果自負。

把換書規則掃了一遍之後，覺得這換書商店愈來愈真了，「如果這是整人的，那想出這個的人實在太有哏了，但……我還是希望，這是真的。」

我深吸口氣，拿起《迷園》的瞬間，紅色攤子上掛著的風鈴又響了，一陣冷風吹來，讓我的眼睛不小心進了沙子。

我揉了揉眼睛，翻開書本第一頁——如果給你一次交換的機會，你想要換的，是什麼？

「我想交換……夢想，我好累了，累到快要撐不下去了。」所以我才會來這裡，我想要夢想能夠實現、能考上中醫，這樣就夠了，其他的我都不想要。

我彷彿，想要催眠自己一樣，一直重複唸著夢想，除了這個以外什麼都不要，我真是倔強哪，換個輕鬆的人生不就好了，但我就是不想，倔強地不想。

我不貪心的，只要一個願望能實現就夠了。

手機的鈴聲把我嚇了一跳！我反射性地，連看都沒看就接起，一副做了虧心事怕被抓包的模樣。

「妳在哪？」

「我……」

「妳從來不請假，是不是生病了？」聽著Leo擔心的聲音，我嚇了一跳。

「我、我在知本……」

「妳在知本？跟誰去？」

「我自己……」

「我馬上過去，把妳的位置訊息給我，不，妳今天在那過夜嗎？把妳住的地方傳給我。」

「你要過來？」

「對，馬上！」

好吧，我聽得出來他是真的生氣了，和昨天那種冷戰不一樣，他比之前任何時候，都來的強勢。

我乖乖把位置訊息傳給他，就抱著小說回民宿了。

我還以為，他會就這樣和我分手了，現在他為了我要直接過來，我又再一次被他感動。也許我們之間，還可以再撐一下，撐到明年考過，一切就會好多了吧。

我抱著有點不切實際的期待，開始看小說。

李昂這個作者有聽過，以前去圖書館的時候，看過排在前面的同學借閱這位作家的小說。上次看小說大概還在國中時期，那時沒什麼壓力，用著幾十塊的零用錢，經常租言情小說回家看。

很顯然《迷園》和言情小說完全不同，開頭氣氛就相當沉重，我邊喝著咖啡，邊坐在公共區的沙發上看。

主角朱影紅從小就是個脾氣有點倔強的女生，我還滿喜歡她的個性，產生代入感後，就漸漸投入故事中。

直到民宿老闆娘出聲叫了我，我才回過神來。

「看什麼小說看那麼認真啊，我都叫妳好幾次了。」

也許是平時在K書中心練出的專注力，才讓我很容易投入其中，我不好意思地笑了笑，這才注意到有不少人聚集在這公共空間中，各自坐在不同的餐桌上等著晚餐。

晚餐是相當健康又充滿了山味的菜色，即使面對這樣的晚餐，我的注意力還是在小說上，直接邊吃邊看，完全沒有好好享用。劇情的起伏很大，剛剛還覺得沉重，但從男主角頻繁出現，我便慢慢期待這兩人的發展。

「看起來，妳滿開心的。」

一回頭，只見Leo一臉擔憂，「你……你飆車啊，這才多久你就……」

「好餓。」他說著，就把我懸在半空中的食物一口吃掉。

看著他突然靠近的臉，我莫名緊張，「我去問看看還有沒有多的晚餐。」

「別走，別再逃跑了。」他拉著我的手，認真的模樣，和平常輕浮的感覺完全不同。

「沒想到妳也會看這種小說。」他拿起小說翻了一下，我有點心虛，馬上把書收回包包。

「這是今天無聊隨便買的。走吧，我們出去逛逛，順便吃點小吃。」

他托著下巴笑了，「這好像是我們第一次旅行呢。」

我也跟著笑了，原本沉重的心情，在他真的趕過來後，都變輕了。

「謝謝你來了。」

他摸了摸我的頭，然後悄聲在耳邊說：「如果這樣可以讓妳把門鎖打開，要我環島一圈，我都樂意。」

我感到很愧疚，因為今天我才許了一個，什麼都不要，只要夢想可以成真的願望，他始終，沒有被我放進夢想的一部分。

16

我睡得很深、很沉，夢裡一直頻繁出現奇怪的夢境，但我始終沒有被驚醒，而是一直睡到快中午才自然醒。這大概是這兩年多來睡得最飽的一天了，在這個沒有工作也沒有念書的日子裡清醒，真讓人感到罪惡。

「妳醒啦。」他坐在旁邊的沙發區，放下了那本，昨天換來的小說。

我瞬間嚇到跳下床搶過來！

「怎麼啦，妳從昨天好像就特別保護這本小說，我不能看嗎？」

「你、你……這……」這可不是普通的小說啊，如果被別人看了，我的願望會不會就不能實現了？

「我看妳真的很著迷這本小說，妳連作夢都斷斷續續說著裡面的台詞耶。」

「你、你看很多了嗎？」

「嗯、差不多三分之一吧。」

我無力坐在床邊，心想著一切都毀了。雖然換書規則沒說別人可不可以看，但這就跟許願的東西，不能被別人碰到一樣吧。

「難道，這不是一般的小說嗎？妳的臉色好難看。」他起疑。

「這是我的許願小說。」

「許願小說？妳該不會就是為了這個，才突然請假？」

我點點頭，大致把換書商店的傳說告訴他，他聽得一愣一愣，滿臉驚訝與不可置信。

「好吧，你想笑就笑吧，反正我就是想賭一賭而已。」

他正了神色，「我怎麼會笑妳，只是……妳許了什麼願望呢？」

「不告訴你。」我重新躺回床上，好不容易睡個精神飽滿，現在又洩氣得完全不想動了。

「應該不是許什麼換一個男友之類的吧？」他一臉的擔憂，讓我忍不住笑了出來。

「你明明大我八歲，為什麼想法老是比我單純啊？」

「我不是單純，我只是喜歡妳而已。」

「可是，我們始終是不同世界的人啊。」他可是為了躲兵役，到現在還在念大學的人，整天無所事事。又加上我忙，有時我都不知道他整天到底都在幹嘛。

老實說我對他是又氣又羨慕，氣他都快三十歲了，卻對未來一點打算也沒有，同時也很羨慕他的父母竟然就這樣放縱他玩樂、拖延兵役……

我不自覺脫口的一句話，讓氣氛變得尷尬，我瞥見他受傷的表情，胸口微微抽動了一下。

「不如，今天再多住一天，我們出去走走吧。」

「真的？」他立刻眼睛一亮，相當期待。

「其實……我是想，既然這個傳說在這裡這麼久了，那一定會有不少人願意分享自己的經歷，我在PTT上PO一篇文，說我正在知本、剛換了書，想找也有換書、可以在這裡見面的人見面。」我迅速敲起文章，連指尖都能感到些許雀躍。

「那一定會有一堆胡謅的人吧。」

「看來最近挺認真念語文的喔。」

「我一直都很認真念啊，只是妳從沒注意過。」

「別鬧脾氣了，你不是在不開心，我說要去走走，結果又發文找人見面？」被我說中之後，他乾脆不回答，我蹭到他身邊，緊緊依偎著他。

「你也知道我是個喜歡把時間利用得淋漓盡致的人嘛……」

「停，我怕妳再撒嬌下去，真的別想出去找人了。」

我臉一紅，趕緊轉移話題，「你看，文章才剛發，就有人寄站內信給我了。」

他欲言又止，「那個……妳一定還沒看過那本小說的最後一頁吧？」

「嗯？最後一頁怎麼了嗎？」一翻開來，我這才看到，上面居然寫了很多字，和我寫在《花甲男孩》上的作法一樣！

『給換了這本書的人：

我是一個重考生，一個曾經自負著自己的聰明，然後不停落榜的失敗者，失敗到還牽連男友，現在和男友之間，岌岌可危到隨時都會分手。

我很迷茫，就和朱影紅一樣，面對亂七八糟的自己、面對愛情的重要抉擇也曾迷惘過，但最後，她終於知道自己要守護的是什麼，也明白愛情真實的模樣又是什麼。這故事結局並不美，也因為這樣，它才真實得那麼令我著迷。

最後，希望你能好好珍惜它，願它也能成為你人生中，短暫一刻的綠洲。』

「這個人……和我怎麼那麼像啊。」我的肩膀整個垮了下來，心中頓時充滿了失望。

這本書的原書主也是個考試考不上的人，那我交換了夢想，還不是一樣什麼都沒有嗎？搞不好因為亂換的關係，我更考不上了。

「早上我就看到這個了，剛聽妳說了換書的事，才明白這是怎麼回事。我想說的是，妳何必還去找什麼陌生人來胡說八道呢？妳應該從寫下這個的人開始找起吧。」

「寫下這個的人……但我根本不知道她是誰、又在哪裡啊。」

「那還不簡單，妳把妳的文章重新發一下，改成『有沒有換書商店有迷園這本書的掛』，這樣範圍不就縮小很多了嗎？」

「你……偶爾也滿聰明的嘛。」我敲完文章後，就被他拎去吃午餐了。吃完飯後，他又提議說要散步，結果最後誰也沒認真散步，我倆都在拚命篩選留言者。

「這裡就是換書商店啊，什麼書都沒有嘛。」。

「真奇怪，昨天我來的時候，還有很多書啊。」我納悶歪頭，手機這時陸續出現一些可信度較高的信。

『幾年前我去換書的時候，遇過一個阿姨，問我有沒有換到《迷園》，我說沒有，她一臉很失望的樣子，後來她說她就是那本書的原主人，一直很想知道有沒有人換到它。真奇怪，我去書攤的時候半本書都沒有，她難到不會自己去攤子上看嗎？我覺得她很怪就沒理她了。難道這本書有什麼掛嗎？換到可以得到什麼財富之類？』

『我換過書喔，我這樣說妳一定覺得我瞎扯的吧。大概是八年前，我也是聽了傳聞去換的，那時後我就想啊，我想換一個不一樣的工作，什麼工作都好，就是不想再當個肥宅。結果啊，我現在變成了個肥警察，一天到晚聽到組裡有案子我就會渾身坐不住，好像不去認真的追案就會痛苦而死一樣，但以前我根本不是那麼有正義感的人，這一切都是換了書之後被強迫改變的。算了，我也不覺得這樣有什麼不好，只是很納悶我都這麼忙了，怎麼還不瘦、怎麼還是個單身狗。我那時去換書時，有遇過一個女人守在換書商店附近的路口，只要一看到有人接近那個攤子，她就會等著問那個人有沒有換到《迷園》，我那時多待了幾天，問了附近的人才知道，那個女人好像一年只會有一、兩天出現在那裡，而且一定會問這個怪問題。』

『我是個記者，三年剛入行的時候，我本來想要報導這個新聞，所以特地去知本守了幾天，我雖然沒有換到書，但有遇過一名有些年紀的女人，問我有沒有換到《迷園》這本書。深入訪問她才知道，她因為那本書愛上了一個老師，而那個老師卻因為這段不該發生的關係，最終導致她出車禍、而老師為了救她就死了。由於過程太灑狗血，我沒有認真看待。現在，我比較好奇為何有別人也在問這本書，你願意告訴我為什麼嗎？』

我們倆看得很認真，內心覺得很震撼，可想而知，這本書的主人，比我所想的還要愛這本書，對她來說，這應該是很重要的精神信物吧。

「我想和這個記者聯絡看看，畢竟是記者，她當初聽到的故事應該更完整才對，可信度也比較高。」

「妳就不怕她把妳的事情報導出去？」

「怕什麼？我雖然換書了，但不是什麼事都還沒發生嗎？」

「別擔心我，我許的願望很簡單，真的很簡單，不管成功還是失敗，都不會有什麼影響的，最重要的是，我沒有說想要換男友。」

Leo 忽然用力地抱住我，好像怕我會消失一樣，「這樣就好。」

「你這麼喜歡我，就沒想過，我沒你想的也那麼喜歡你呢？」

「我知道啊，那又沒關係，我喜歡妳就夠了。」

「我對你，是那麼的一無所知。」這八個月來，我們每次見面除了聊些瑣事、根本沒那麼多的時間聊更多。

「那就別浪費時間找什麼記者了，現在馬上好好了解我吧。」

我瞇眼笑了笑，「不行，因為她已經回我了，說剛好人在花蓮，要下來這裡找我，最快傍晚就到了。」我晃了晃手機。

「那好吧，在她到之前，我們就來玩，妳問我答的遊戲。」

「喜歡的食物是什麼？」
「肉燥飯。」
「音樂呢？」
「沒有特別喜歡的。」
「興趣呢？」
「……」
「你不唸書在打混的時候，都在做什麼呢？」
「……」
「喂，不是說好了我問你答嗎？」
我轉過頭瞪著他，發現他居然皺著眉頭不知道在想什麼。「你……怎麼啦？」他的表情嚴肅得讓人害怕。
他隨即生硬地轉換表情，勉強笑道：「沒什麼，只是剛剛突然想到，我還真是廢到，沒什麼可拿出來跟女朋友炫耀的事呢。」
「你居然為了這種事苦惱，那你現在開始想想要做什麼不就好了，我才不會笑你呢！」
他一聽，表情放鬆了很多，「我真希望，能經常這樣跟妳出來，感覺我們的距離好像終於近了很多。」
「嗯，是啊。」

「某方面的進度也超前了不少。」他邪惡笑道。

我臉的立刻漲紅，「你！不理你了。」

迎著微涼的風，聽著他哄著我的聲音，我忽然覺得，這樣放假好像沒什麼不好，即使從早上醒來到現在，一直不斷有個聲音，老是想叫我去念書就是，我刻意忽略那個聲音，忐忑地等待。

＊

我原本以為出現的會是個女人，結果居然是個男生，而且年紀似乎也和Leo差不多。

「你們可以叫我Leo就好，這是我的名片。」他的態度輕浮，推了推看起來根本沒有度數的眼鏡。

只不過他一說出他的英文名字，我就笑了出來，「他的英文名字居然跟你一樣！」男友的臉色鐵青，不發一語的表情，讓我更想笑了。

「嗯？這麼巧啊，那為了談話方便你們叫我阿浩就好了，反正就是別叫本名，我覺得我的名字很俗很難聽。」如果沒有這張名片證明他的身分，我真的會覺得是哪裡來的痞子，原來記者都是這樣的嗎？

「那麼，阿浩，你可以先更仔細說說那個女人說的故事嗎？」

一進入正題，他馬上就坐直了身子，眼神好像也跟著改變了，「要我說也是可以，我都特地下來了，不會不告訴你們的——但前提，你們要拿出等值的情報來換。」

「什麼情報？」Leo搶先一步的開口，他雙手環胸，看他這樣的氣勢，第一次覺得他滿可靠的。

「你們為什麼要找關於《迷園》這本書的掛、為什麼對那女人有興趣？得先告訴我這個才行啊！這世上可沒有白白拿到任何東西的事，就和這個換書商店的傳說一樣，拿一物、換一物。」他雖然是笑著，但卻止於表面。

「你真的相信世界上有那種事嗎？」Leo反問，「說得簡單，但誰也沒真正換過不是嗎？不，是就算換了，應該也什麼都沒發生吧。」

「喔？果然你們已經換過了嗎？真幸運哪！我問過很多人了，那書攤上從來沒有書的，可以看看是什麼小說嗎？」

Leo冷笑了一下，「我可從來沒這麼說。」

「停。」我深吸口氣，沒好氣地瞪了Leo一眼，他沒事跟人家吵起來幹什麼？明明大家就是來交換情報的。阿浩說得沒錯，我也得告訴他點什麼才行，反正換書的事，已經不只一個人知道了，再多告訴一個人也沒關係。

我花了點時間說明如何換到書，以及現在的目的。阿浩表現出濃厚的興趣。

「這麼說，那本書現在在妳手上？可以看嗎？」

「可以，但得在你告訴我完整故事之後。」我嘴角一勾，完美反擊。

他撇撇嘴，一下子燃燒起來的興奮全被我澆熄，不甘心地娓娓道來。

那個女人，原本要臥軌的時候被補習班的老師救了。而那個老師，始終擔心著她，甚至還拉著她翹家跑到了知本，那時換書商店的傳說，早在學生們之間流傳了，當然女人也知道。

女人說，在換書以後，她變得不像自己，竟然很主動地倒追已經有未婚妻的老師，這才釀成了一段悲劇收場的師生戀。在別人看來這或許是場悲劇，但對女人來說，這是她一生最幸福的相遇。

最重要的是，當初女人許的願，就是能談一場轟轟烈烈的戀愛。

很顯然地，這個願望完美實現了。

「變得不像自己……」

「莫非，妳現在也有相同的感覺嗎？」阿浩感受八卦的靈敏度，實在不容小覷。

「當然沒有，我正常得很。」

「妳又不願意透露許了什麼願，怎麼能相信妳呢？」

為了岔開話題，我從包包中拿出小說，「這就是我說過的，原書主寫下的一段話。」

「喔！這就是傳說中的《迷園》啊，不好意思，我可以拍照嗎？」

「好吧，但你不能透露我的身分。」

「當然！沒問題。」他把書的每一個細節，都用專業相機拍了下來。

「既然妳都讓我拍照了，我就再多透露一點訊息給妳吧！妳可以當八卦聽聽就好。」

我不禁吞吞口水，有點緊張。瞥了眼Leo，他雖然很討厭阿浩，此時也聚精會神地傾聽。

「這個女人啊，她說的這段遭遇裡，還有一個受害者。」

「誰？」

「當然是那個老師的未婚妻啊！不過由於那女人怎樣都不願意說出自己的名字和身分，我只能從她不小心說漏的地名裡，一間間補習班去打聽，但年代真的太久了，每個補習班的學生都不知道換過幾批，老師們個個覺得我別有意圖，壓根沒人願意告訴我。」

他喝了口茶，嘴角一勾，「所以呢，後來我就改去每個補習班附近的社區打聽，世界上最強大也最無私的情報網，就是長年居住在那的婆婆媽媽們了，我連續找了四、五個社區後，果然找到了！」

『小子，你說的是林老師吧，以前我兒子念補習班時，就是給他教的，那時候的確是快要結婚了呢，但就像你說的，突然一聲不響就消失了，補習班的人也都不知情，辭職的那些後續啊，全都是他未婚妻一手包辦。』

『啊、是那個林老師啊，我也有印象，對對對！突然就不見了呢，我們都在猜他是不是有欠債、跑路了！真是人不可貌相啊。』

『他那個未婚妻還真是賢慧呢，居然幫他處理那麼多事。』

『是啊，還聽說連房子都是她一個人搬呢，怪可憐的。』

「你是用什麼方式打聽的？」Leo狐疑的發問。

「因為那女人有說過，他們的事沒有鬧大，也就是說除了當事人和家人以外，沒人知道他們的關係，搞不好連他未婚妻也不知道，所以我就用『有沒有一個補習班老師，本來要結婚了、卻突然消失了』的理由做引子。」

「還真虧你用這種方式也能打聽到。」Leo 酸言酸語地說，看來他對記者的敵意不小。

阿浩倒是沒怎麼在意，繼續說：「更奇怪的還沒完呢，那個未婚妻，幾年前忽然搬回那附近去，還在那裡開了一家書店，一開始沒人認出她來，後來是被林老師以前的學生認出來的。」

「所以，你去找她了嗎？」我緊張的問。

「別提了，我到現在還沒見過她本人，當時我守書店守了兩個禮拜，都沒遇到她，她大概是覺得書店已經穩定，就當個幕後老闆，沒再去過店裡了。這幾年我工作也多，偶爾會抽空去那逛逛，當然還是沒遇到。」阿浩似乎很無奈。

「你跟這個換書商店一點關係都沒有，卻找線索找得很勤呢，有什麼特別的理由嗎？」Leo 瞇眼詢問。

阿浩愣了愣，又露出那彷彿已成慣性的痞子笑容。「哪裡有什麼理由，就是單純覺得這個書攤很神奇、很有趣，如果哪天真的被我挖到什麼情報，價值雖比不上樂透，但我絕對是獨家。」

「你剛剛還那麼計較情報交換，現在卻又突然這麼大方告訴我們這些？」Leo 繼續針對疑點追問。

「我確實是故意告訴你們的，因為如果你們有興趣的話，就一定會去找那女人，到時可別忘了我這個情報人，記得分享你們查到的給我。」

「如果我答應了，你就會告訴我地點了，對嗎？」我這才發現，阿浩一直很小心地，避開了地名。

「沒錯。」

「妳不需要知道，知道這個要幹嘛？」Leo立刻出聲阻止。

「反正，我也未必有空去找，去了也未必遇得上，知道一下也不會怎樣吧？」

阿浩攤了攤手，一副等我們這對情侶先討論好再說的表情。

我對上Leo的目光，覺得他的表情從剛剛阿浩來到現在，都一直很嚴肅，「你不是說，希望以後能再常出來走走的嗎？這樣就可以順便去看看啊。」

總算，聽到這裡他表情軟化，「我投降。」

阿浩果然是有備而來，看到我們達成共識後，他立刻拿出了一個縮小版的地圖，上頭清楚的印著那個社區的位置、還有書店的位置，連補習班的地點都有。

「說好了喔，有什麼消息一定要分享給我。」

「我答應你。」雖然是口頭之約，但我絕對說到做到。

冗長的對談總算結束，我覺得特別疲憊，一下子接收的資訊太多了，我的眼皮有種很重的感覺。一回到房間，顧不得Leo，我直接倒頭大睡，眼皮閉上之前，我發現他又在偷看我的小說了。

真是的，許願的人明明是我吧……

17

逃離了現實世界的日子，眨眼就過完了。

我又回到了那忙碌的日常中，好像那幾天多睡的覺、或關於換書的這件事，都只是一場夢遊而已。

才回來兩天，幾乎每天都忙到只睡四、五個小時，那本小說就這樣躺在我的床邊，一頁都沒再翻過。

當然我也沒感受到有什麼變化，念書也沒有變得比較有如神助，唯一的改變，就是和Leo的關係不再那麼緊繃，他變得比以前更能體諒我的忙碌，偶爾偷閒打開手機，總能看見他傳的打氣，讓我會心一笑。

但這和我許的願，完全是不一樣的發展。

晚上十二點多，我拖著累到快散掉的身子回家，倒在床上再也不想動，瞥眼那本書裡書外都充滿了戲劇性的《迷園》，我想著女人的改變，有點不甘心和羨慕，我們的狀況很相似，她如果沒許那種不切實際的願望的話，現在又會是怎樣的呢？

我決定繼續閱讀小說，翻開前還有點期待會不會發生奇幻電影一樣的奇蹟，但它還是一樣舊，書籤也還在我上次看的地方。

明明累到可能躺下來就能秒睡，但很奇怪，只要我一拿起書，就會讓人一看就停不下來，很想再更一步知道，這兩個人的錯誤會怎麼發展下去，愈看愈沉迷，連點到為止的激情部分，都讓我跟著臉紅了。

我彷彿墜入了那個世界，變成了朱影紅，變成那個一直不認輸、一直很勇敢的女人，連她怎麼和林西庚親熱的場面都變得很真實……

「嚇！」我從那場詭異的春夢中驚醒，發現我竟然就這樣看著看著睡著了！

赫然驚醒的我，心跳有點快，有點驚魂未定。走到廁所，鏡中的我，臉還在潮紅，就好像我剛剛真的……

「這到底，是什麼夢啊，看小說看到睡著就跑去書裡了？」我抓著頭，覺得頭昏沉沉的，就好像根本沒睡著過一樣疲憊。

手機在這清晨傳來一封簡訊，這年頭還有人在傳簡訊？

『學妹，聽說妳正在考中醫，我堂妹去年剛考上，她買了非常多書，以及課程還有半年的時間可以看，妳需要的話，這幾天找個時間見面，我把那些給妳吧。』

「誰啊？」簡訊的電話是未儲存的號碼，而且知道我在考中醫的，也就身邊的幾個人，和以前的同學而已。

還有課程剩半年？這怎樣也不可能啊，都是一年考完再買一年。這難道是什麼最新的詐騙手法嗎？

＊

最後，我還是跟那個不知名的學妹聯絡，並且約在一個勉強湊出來的空檔時間見面。

「學妹、這裡！」我才剛走進咖啡廳，就看見有個女孩熱情揮手。

我利用著短短幾步的距離，讓大腦迅速搜索比對，但很遺憾，直到我坐下為止，還是想不起她是誰，甚至連一點熟悉感也沒有。

「學姐，我們……之前有見過嗎？」

「哎呀，妳忘啦，我畢業的時候，妳不是有負責搬典禮的椅子嗎？」

「啊、好像有點印象……吧。」

「妳那個時候沒站穩把椅子摔出去，一起和妳整理的人就是我啊。」

我呆滯地點頭附和，心想這樣誰還會記得啊。

「前兩天我和高中同學聊天，聊到我堂妹考過中醫的事，結果就想說不知道有沒有人需要這些東西，輾轉之下就有人提到妳，還把妳的聯絡方式給我，就是這樣。」

這還真是巧啊。

「不耽誤妳的時間了，這些就是我堂妹用過的書，她的筆記都滿整齊的，還有啊、這是她課程的帳密，也都一起給妳了。」

「學姐，我恐怕沒有那麼多財力接收這些。」
「妳在說什麼啊？這些都是要送妳的。」
我的嘴巴張得更大了，這些二手書賣一賣也不少錢，她居然說要送我！
「好了，要謝謝我的話，改天再請我喝咖啡，我先走了！」她逕自說完，就背著包包走了。
這突如其來的插曲，實在讓我無法覺得是巧合還是幸運，我翻了翻這些書，都是我本來買不起的教材，還有好幾本很貴的古文書，都是榜上有名的推薦書單，再看了內頁，完全沒有算式或寫過的答案，內頁乾淨得除了內容就剩下整理得很整齊的筆記。
「難道，開始發生改變了？」我吞了吞口水，心裡雖然期待，同時也對這未知的力量感到害怕。
莫名奇妙的事情還不只發生一件，等我去了飲料店上班時，店長忽然告知我，老闆覺得我表現很好，要給我每個月加薪三千元。晚上去了兩個家教學生那，他們也忽然都要學其他才藝，所以每周上課的時數減半，但家教費卻不變。
我整天都呈現在一種半呆滯的狀態，彷彿大家都覺得這些事是正常的，只有我一個人覺得怪。
今天的這些改變，讓我整整多了一天半的時間，薪水還多了幾千塊，更不用說那些書了。
我盯著桌上的《迷園》，想著昨晚我不過又多看了幾個章節，就出現這些轉變，代表了這本書的奇蹟效應，是和我看了多少內容有關，那麼全部看完會發生什麼事？
全部看完，我就會和那女人一樣實現願望嗎？那麼我的周遭，會不會也發生什麼可怕的事呢？

即使我的我願望看起來不怎樣，但那女人也只是許了希望有轟轟烈烈的愛情而已啊。

我傳了封訊息給 Leo，告訴他這個周末，我想再抽一天去走走，這次的地點就是，那個未婚妻的書店。

我其實很想知道，為什麼她甘願做那麼多後續，她一點也不像一個受害者該有的模樣，即使換書和她一點關係也沒有，但她是唯一能找到的關係人了。

得到 Leo 首肯，我決定在這些事情沒有明朗前，都先不要再看小說了，它感覺像把雙面刃，如果我沒拿好，不只我會受傷，可能還會引發可怕的連鎖效應。

我又再次意識到一件奇怪的事，以前的我，有這麼理性嗎？以前我老是覺得錢不夠、時間不夠，一股腦地死命念書，連思考的力氣都沒有。

仔細想想，我好像從換書的那一天開始，就不太一樣了，我會去找問題、找方法，我不再覺得焦躁，甚至還覺得我能解決，這份自信是從哪裡來的？

我甩甩頭，拒絕再鑽牛角尖，反正我又不是往壞的地方變，這樣就好了。

*

事情總會在順利發展的下個階段，開始變得不順，這就好像一種潛規則。

我們已經從早上就待在這間書店，待到快打烊了，還是沒有看見傳說中的未婚妻本人，說到底，我們也不知道她長怎樣。

「放棄吧，難得休假就好好休息，別再等了。」回附近的商務旅館時，Leo不死心地勸我。
「明天最後一次，好不好？」
他有點生氣似的，沉默不答。
「看你今天也都不用接什麼電話，學校那邊沒問題嗎？都沒有人要找你嗎？」
他低頭翻書，一臉又想逃避我問題的表情，「你還說我都把心門關著，你也是啊。」
他抬頭看了我一眼，那眼神讓我嚇了一跳，隨即他就說要去洗澡，洗完出來，他又恢復成原本的他。
我根本一點都不了解這個人，本來以為是我沒時間了解他，才發現，是他從沒讓我往前踏入雷區過。
「你當初，到底為什麼會想來追我啊？」
他背對著我躺著，沒有回答，假裝睡著了。
我嘆口氣，心情很是複雜，情侶間的相處，好像只要哪一句話錯了，氣氛總能快速由晴轉陰，一點反應的時間都沒有。
隔天一早，他還是一副打算繼續和我冷戰下去的態度，卻沒讓我一個人去書店，老實說被一個臭著臉的人跟著，壓力比等不到人還大。
為了轉移注意力，我把古文書拿出來看，才看沒多久，他忽然有奇怪的反應。
「怎麼了？」我順著他的目光，發現他盯著的是一個昨天也有來打掃的清潔阿姨。

「不覺得奇怪嗎？」

「那個清潔阿姨？」

「這間書店平常日的人潮又不多，廁所雖然只有一間，但弄髒的程度並不頻繁，員工應該可以自己打掃。而那個清潔阿姨，每次一出現就待上半個小時，一天固定出現好幾次，看起來像在拖地，但這裡的地板真的有這麼髒嗎？」

我呆楞了幾秒，此時的Leo和平常只會跟我分享一堆輕鬆好笑事情的他，完全不一樣。

還是，他看了小說之後也被影響了？會有這種事嗎？

雖然我覺得他的說法有點誇張，抱著姑且一試的態度去攔下了阿姨。

「阿姨，請問……妳是這裡的老闆嗎？」

戴著清潔帽的阿姨立刻笑開來，「我看起來，像嗎？」

「呃、其實，我們想打聽林老師的事，聽說您跟他……」

「你們認錯人了，我不是老闆，也不認識妳說的那個誰。」她轉身拿著水桶要走，卻不小心撞到站在她後面的Leo！

Leo突然被撞一下，跟著包包也掉了，裡頭有一些東西還有幾本書都跟著散了出來，我一直以為他都只會翹課，所以很驚訝。「你居然還帶了這麼多書，原來你也滿認真的嘛。」難怪我老是覺得他的包包看起來很重。

「哎呀、真是對不起啊！」

「沒事，是我站的地方不對。」他動作迅速地收拾，表情好像有點慌張，不似剛剛那個冷靜的他。

清潔婦阿姨忽然瞥了我一眼，「裡面有個辦公室，我就和你們聊一聊吧。」

我瞪大了雙眼，不敢置信的看了看Leo，「還真的被你說中了……」

「我也只是猜的。」他牽起我的手跟在阿姨的後面，冷戰總算休戰了，但他看起來，還是怪怪的。

辦公室小小的，只放著一台電腦，螢幕顯示著各個角落的監視畫面，桌上放著一疊疊的報表，但都擺放得井然有序。

她脫下了清潔帽，頭髮跟著放了下來，才發現她雖然有些年紀，看起來還是風韻猶存，臉上的皺紋一點都不影響她的氣質。

「你們找我的目的是什麼？」她開門見山問道。順手點起了一根菸，她吸菸的側臉很憂鬱，就好像有很多悲傷的過往，她還沒走過去一樣。

「我是來打聽林老師的。」

「妳打聽他要幹嘛？」她直接跳過很多問題，直搗核心。

「他已經不在這個世界上了，對吧？」

她沒有回答，表情連變都沒變，就好像這個問題已經很多餘一樣。

「那妳……知道他是怎麼過世的嗎？」

見她一直不回答，Leo也發問，「妳是在知道的情況下，幫他做那麼多善後的嗎？為什麼？」

「看來，你們知道的事情還真不少，那還來找我幹嘛？我沒什麼好說的。」她彈了下菸灰，手微微地顫抖，飄出了些許白灰。

我猜，我們連番的問題，一定讓她有點動搖了。

「妳為什麼還會回來這個地方開書店？」

「我啊，本來是個很有潔癖的人，我沒辦法忍受，待在一個有任何一點灰塵的地方。」她抽了張濕紙巾把菸灰擦掉，並說著看似無關的話題。

她說，很久以前她還在念大學時，就經常自發留下來打掃教室，也包括隔天的課會用到的教室，她全都會一一把每個角落都掃乾淨，這樣隔天上課的心情才會很好。

周遭的人都覺得她有病，不喜歡和她走得太近。反正她主攻的是外文系，基本上也不太需要一起做報告，就無所謂了。

有次，她忘了帶錢包出門，以至於那天的中餐沒有得吃，到了下午，她還堅持留下來打掃，掃到一半就餓到昏倒了。

說是昏倒，算是半清醒，只是頭暈目眩到，連站起來的力氣都沒有，她原本以為自己會躺著就死掉也說不定，可是突然有個人出現，直接抱著她往保健室跑。

她看不清那個人的臉，只知道後來她醒來後，那個人一直都在。

『老師說妳是貧血昏倒的，這邊有麵包跟牛奶，妳趕快吃。』

『謝謝……』

『我經常看到妳一個人打掃教室，別人都說妳是個有潔癖的怪人。』

『那麼，你還是離我這個怪人遠一點比較好。』

『不，其實……我還要謝謝妳。』

『謝我？』

『其實我現在的生活很辛苦，是半工半讀的狀態，都是晚上工作，然後一早就直接來上課，每次下課很累時，看到有個人一直堅持做自己覺得對的事，還堅持了一年多都沒變，就讓我覺得，我不能輸給妳。所以，謝謝妳。』

她說，當時她驚訝得連麵包都忘了要吃，她還以為他要說謝謝她打掃什麼的，如果他說了那種話，她並不會多開心，但是，他偏偏是說了那樣的謝謝。

「原來，有人看著我活著的方式，也能有動力啊。這種感覺很奇妙，就好像有人正以我為榜樣一樣，明明別人都把我當怪人，只有他，比我還怪。」她說到笑了出來，回憶這件事，不管過了多久，即使都褪色發黃了，但那一刻的心情，永遠不會變。

後來，他為了怕她又昏倒，幾乎每天都會在下午送一塊麵包給她，有時他下午沒課了，還會提早去找她。即使他因為這樣，老是被人閒言閒語，在那還很封閉的年代，他這樣的做法確實很醒目，他卻從不在意，堅持幫助著任何需要幫助的人。

不知不覺，她的目光經常追著他走，她發現他有時很耀眼，有時又很低調。耀眼的是打籃球時，在團隊中的亮眼表現。低調時，是經常一個人躲在校園某些角落拚命的念書，他對於念書的執著，跟她堅持一定要打掃一樣賣力。

『喂，林敬洋，你不是說你半工半讀很累，幹嘛還不趁沒課的時候休息啊？我剛剛看還看到你去幫別的社團搬東西，你還真愛多管閒事。』

『我剛好路過，為什麼不幫？』

『你是個傻子吧。』

『妳一直打掃、一直付出自己的體力，不也是在幫助身邊的人嗎？』

『我才不是那麼偉大的理由呢。』

『無所謂，但我真的聽到不少人說，跟妳一起同一間教室很棒，因為教室都乾淨得跟新的一樣。』

『真的有人那麼說？』

『我從不騙人。』

『林敬洋，我決定要開始喜歡你。』

『啊？』

『不，也許我早就喜歡你了。』

她說，從那天告白過後，她沒事也會把自己存的零用錢省下來，跟著他一起幫助給需要的人，當然他好像完全沒把她的告白當回事，直到畢了業，在她終於找到工作時，她約了他吃飯。

『恭喜妳啊，找到了自己一直嚮往的工作。』

『那你呢？』

『還不知道，但我想去當個老師，看哪個地方有缺，我就去哪。』

『一定、一定要告訴我新的住址喔。』

那天一別，他們再見面，又是隔了好幾年，她為了能調到他所在的城市，費了很大的勁努力工作，才得到申請調職的機會。

『看來，我們之後可已經常見面了。』

『我不要經常見面，我要一直待在你身邊，不行嗎？』

他沒有回答她，就和當初，他選擇用沉默來回答一切一樣。

『就讓我跟在你身邊，如果有一天你有了真的喜歡的人，我會離開，但如果一直都沒有，就讓我在你身邊，好不好？』她拋下所有的自尊，她不在乎這番話有多卑微。她說，她利用了他的善良，只為了更靠近他。

「結果，我自始至終，都還是那個自私的人，他雖然沒有再把我推開，但我知道，他對我沒有感覺，我還是想著，沒關係、時間久了，他一定就會慢慢喜歡我了。呵，小女孩看待愛情的方式就是那麼天真。」她如此嘲諷著自己，但眼睛卻泛起了一點霧氣。

「所以後來妳……知道他喜歡了別人了，對嗎？」我儘量小心提問，覺得這個問題在聽完她的故事後，顯得更加殘忍。

「我不知道，我根本沒發現，因為那個時候，我正為了終於要和他結婚而感到幸福。那時，還是他向我求婚的。」

她說，她就這樣賴著他、賴了好幾年，工作也愈來愈順利，他們的相處模式找到了一個平衡點，彼此照顧著彼此，一起享受平凡的快樂。

某天，他忽然在床頭前放了求婚戒指，說要跟她一起走下半生。

她克制不住地紅了眼眶，「那是，我人生最最快樂的……一瞬間。」

她沒把故事繼續往下說了，我也無法再追問她下去，氣氛悲傷得好像連多吸一口氣，都會跟著一起潰堤，明明是別人的故事，我聽得胸口也跟著隱隱作痛。

「你們手上拿著鑰匙，卻沒發現呢。」

在我們離開之前，她用著濃濃的鼻音說著。

臨走前她那句莫名奇妙的話，讓我完全想不透，隔天我又多請了一天假，想再去找她，但她的員工卻只被交代了一句話。

『等你們發現了鎖，自然就會再找到我了。』

「意思就是要妳別再找她了吧，她都說了那麼多過去了，應該也沒什麼好說的吧。」

「你不覺得好奇嗎？那麼努力念書想要當老師的人，那麼堅持著自己的夢想的人，為什麼會愛上自己的學生呢？那可是會讓他一輩子失去夢想啊！如果這本書會影響到身邊所有的人，那我該怎麼辦？我……」

我後悔了。

而且我很害怕，尤其在知道林老師原本是怎樣的人之後，面對換書商店的奇蹟，感到更害怕。

「不會影響到別人的。」

「你又知道了。」

「是啊，因為這麼多年來，誰也沒有被我影響到，除了我自己。」

「你在……說什麼啊……」

我愣愣地看著 Leo，他彷彿褪下了所有的偽裝，只露出他真正的模樣，真正的他，有張很憔悴的表情，憔悴得和第一次見面，那個像普通的大男孩般的他，完全不一樣。

我不禁想緊緊抱著他，因為好像不這麼做，他就會消失。

18

生活的步調，好像從我失控決定去知本那個晚上開始，就已經到了無法挽回的地步。失控到連和我親近的人，也一一受了影響。

我們坐在一間吵雜的咖啡廳裡，我的耳朵被迫接收其他桌的談笑聲，或是上班族抱怨哪個同事又做了什麼事的八卦聲，又或是有人竟然選這麼吵的地方，上家教課的聲音。

好多生活的聲音，但那些聲音好像都穿透不進我和 Leo 奇怪的氣氛中，彷彿周遭所有的人，都是平行時空，只是看似畫面在一起而已。

我沒辦法克制自己在大腦裡做那麼多無關的聯想，因為如果不這麼做，我會冷靜不下來，對 Leo 的問句太多了，多到不知道該從哪句問起最好，或者該問什麼，他才會回答我。

從 Leo 說了那句奇怪的話，整個表情卸下所有偽裝開始，已經過了一個小時。他始終看著窗外，彷彿只剩下軀殼，坐在那裡。

「你，也換過書嗎？」

我決定拿起鑿子，一點一點把他的冷漠鑿開。

「你換過吧？」

「對。」他輕輕回答，終於把臉轉向我，一副做好心理準備訴說的神情。

「難怪，你從來知本找我後，一直怪怪的。」

「我也曾經，像妳一樣很認真地在找和我交換的人，所以我沒辦法丟著妳不管，我知道妳一定會放棄，一定會屈就於這份命運，可是我沒想到，妳居然走得比我當初，要遠得多了。」

我靜靜傾聽，這一刻，我才發現他不願回答我的那些問題，都跟他換過的人生有關，他在我面前的偽裝，終於消失了。

「我換了一個很荒唐的人生，那個人生的確拯救了一無所有的我，但代價是，我必須不斷和命運對抗，否則我就會失去我自己。」

他娓娓訴說自己如何失去父親、遭逢家變，到遇見一個有錢人收養自己。當他要說發生的一些轉變時，本來還有點猶豫，但我告訴他，無論他做了什麼，我都不會討厭他，他才全盤托出。

他的確做了很多過分的事，我也深刻能體會，那種身不由己的感覺，就好像自己什麼也沒做，但自我確實改變了一樣。

他的願望太大了，大到換掉整個人生，所以才必須接收全部原本的書主的一切，好的壞的都不能選。

他說，這幾年，他只要有空就會四處去做義工，只有在當義工的時候，他才能控制回自己的心智，只要一天沒有做些善事，他怕『自己』又會消失不見，所以他才故意拖延兵役，而他能成功拖延，很大的部分還是靠家裡的權勢。

「其實我很想認真讀書。我爸就是希望我當個有用的人，可我這輩子都無法達到他的期望了。」

「你在說什麼啊？你這八年來做的這些義工，比念書當個公務員要厲害多了！」

他猛然抬頭看著我，停頓了好幾秒，緩緩地笑了。

「幹嘛突然傻笑？」

「妳很像陽光，雖然妳總是表現得很冷漠，可妳的眼睛閃爍著陽光，從一開始，我就被妳的眼神吸引。我知道，待在妳身邊，我這個只能活在暗處的人，一定會感受到溫暖的。」

「老實說，我一直很不適應你用這麼成熟的說話方式，感覺你好像真的大我很多歲一樣。」

「我本來就大妳八歲啊。」

「可是你原本都只會用幼稚又沒營養的話題和我聊天啊。」我托著下巴，隨著開起玩笑，氣氛終於輕鬆起來。

「什麼沒營養，打傳說這麼有意義又休閒的事，很有營養啊。」

「你確定你做義工的時候沒有偷偷玩嗎？」

「當然沒有！但……陪小孩玩的時候有……一起玩一下。」

我被他逗笑了，「我們現在，算是真正坦承相見了。」

「喔？我以為我們那天晚上就算……」

「停！」我立刻站起來摀住他的嘴，「我們來聊聊正事吧。」

「好吧。其實我以前調查的時候，也不是沒找到什麼線索。」他說著，拿出了一本很舊的手帳。

「這是……」

「跟我交換書的那個人留下來的東西，裡面寫了很多日記，可是都很無聊，我一直沒把它看完，應該說我只翻過一次。因為我很怕我翻太多次的話，又要被影響了。」

我接過手帳，的確都是很瑣碎的記事，很且字跡還非常潦草，感覺寫的人筆跡不是很醜，就是根本沒耐心好好寫字。

還好我當家教這些時日，也有遇過學生字很醜的，這點程度我還能辨識。

「怎麼都是一些記錄了吃了什麼、或是做了什麼雜事的內容啊，他那麼認真記這些要幹嘛？」

「我就跟妳說了，內容鎖碎到不行，這麼無聊的東西，當初還被藏在盆栽底下呢。」他決定再去點杯咖啡。

我沒理他，仔細地翻閱，既然被藏起來了，那就代表裡面有什麼祕密吧？不然誰會這麼故弄玄虛。

我就這樣一頁頁檢查到最後一頁，忽然明白為什麼了。

他端著咖啡走回來，「怎麼了，表情那麼難看。」

「我都不知道該怎麼說你了，你搞不好八年前就能見到和你交換身分的人喔。」

「什麼意思？」

我沒好氣的把手帳推到他面前，就在最後一頁的角落，寫著電話號碼，而且第一組的家用電話還被劃掉了，下面多了一行手機號碼。

「妳……我……」

「不要你來你去了，我現在就打打看。」

「不、等等。」

我沒等他說不，手機已經撥了出去，而且竟然還有通！

只可惜，響到最後轉到語音信箱都沒人接，他馬上露出鬆口氣的表情。

「幹嘛？打給和你交換的人，你會緊張？」

「妳不覺得很毛嗎？他和我交換了，代表以前的我，不……我一直努力保持的自我，在他身上，這怎麼想都覺得……」

我握著他的手，「我知道你是你就好了。」

忽然，手機在這時傳來簡訊的聲音。

『你是誰？』

我立刻快速回覆，『我是撿到手帳的人。』

『見面吧，明天早上六點，我會在這個地址等你。』

「明天早上六點？可是……明天是我的讀書日……」我呢喃著。

「那就別去了，跟他說改天。」他喜出望外，一副終於找到理由阻止我的表情。這讓我忽然不想讀書了，不、我很想讀，腦袋一直有個念頭要我趕快回到書桌前，好好用功，只是我拚命忍耐著。

「我已經回覆他了。不過我帶的錢不多，今天晚上續住的錢可能要……」

「那種小事就不用說了，我啊，終於能有機會對妳好一點了。」知道我身上的錢用完了，他忽然不在乎要跟原書主見面的事，反而拉著我去吃了大餐，還去看電影，這些事情，都是我們第一次做。

回商旅的路上，我才安慰他，「你不要緊張了。」

「我沒緊張啊。」

「你下午拉著我做那麼多事，有一半的原因是緊張吧。」

「真奇怪，妳是第二個，這麼快了解我的人。」

「那第一個呢？」

「別擔心，第一個是個男的。」

此時，他那久久沒響過的手機忽然有人打來，他迅速講了幾句後，忽然改變車道，「我有個朋友車子拋錨了，大概要開半個小時的車去接她，妳不介意吧？」

「不介意啊，是哪個朋友啊？」這好像是我第一次聽他提起朋友。

「是……等等見面了，再介紹吧。」

他看起來很吞吐，我不禁猜測，不會是女生吧。

果然，女生的直覺都很準，對方不但是個女生，還是個看一眼就印象深刻的大美女，只不過表情看起來很兇就是了。

「廢物！我不是說二十分鐘到嗎？這都三十幾分鐘了。」她一開口，火氣就相當大。

「欸妳也拜託一下，我載著女朋友，總不能飆車吧。」

「嗯？女朋友？偷偷約會啊。」

「沒有偷偷。」

「她叫徐雅筑，妳可以隨便叫她阿雅還是阿筑就好。」

「去你的！」徐雅筑立刻反擊，而我這時才意識到，她就是故事中的那個女神。嗯、果真是個女神啊！我崇拜地從後照鏡裡猛看她，想著她漂亮又有氣勢，不只是女神，是女王了吧。

「妳叫什麼名字？」

「我叫……」

「不用回答她，誰不知道她聽完名字後，接著又要說什麼『喔、可是我記得上次看到的不是小蝶還是誰嗎？』這樣的話。」

女王發出了一聲嘖，標準被拆穿計謀的模樣。

「不過，我一直以為妳會是個像冰山一樣的人。」我不小心脫口。

「喔？這死傢伙把大學的事告訴你了？還真有種啊！我被他害到強制轉學，本來我是很恨他的，可這傢伙，連續整整半年都跑來校門口找我道歉，我才勉強給他一個，用一輩子來彌補我的機會。」

「整整半年……」

他不好意思地別過臉，假裝很專心在開車的樣子，讓我會心一笑。果然，他真的很努力在對抗。

聽說建奇原諒他比較快，他道一次歉就和好了，現在偶爾他們還會一起去做義工，當然，他們兩個都不知道換書的事。這些都是女王下車後，Leo 才告訴我的。

把女王送回家後，聽著他說那些，我更明白了一件事：換書這件事，要有很大的覺悟。

我不知道我的覺悟夠不夠，但看著這樣的 Leo，我想要努力看看。

「我好像，突然有信心把小說看完了。」

「嗯？妳還沒看完？」

「是啊，因為我很怕。但現在，我不會再害怕了，我要看完它，我要接受這個命運，像你一樣。」

「好，我會陪著妳。」

「明天，我也會陪著你。」我壞心的，故意提起這件事，看他突然又緊張起來的模樣，覺得很可愛。

＊

次日。

其實我不是很明白為什麼對方要約那麼早的時間，我們來到地址後，發現是一個公園，這麼大的地方，要去哪裡和他會合也不知道。

正當我們討論著要不要打電話時，一個人從我們後面出了聲。

「你們來啦。」

「妳……」

來的人，居然是那個未婚妻阿姨。

「為什麼會是妳……」Leo滿臉錯愕，「不應該是麥新嗎？」

「我說過了，鑰匙就在你們的手上。那天，我就是看到你有手帳，才願意跟你們聊聊。」她慢慢往公園的深處走。

「所以那本手帳是妳寫的？」

她沒有回答我的問題，隨性地在一張長椅坐下，大清早的，公園還沒有很多人來運動，這或許是她選這個時間的原因。

「接著，來說說故事的下半場吧。」她的眼睛有點浮腫，我無法揣測，她是不是在來之前，又哭過一次了。

我和 Leo 隨地而坐，這樣微微仰視的感覺，好像小時候在體育館，聽老師講故事。

「他啊，這輩子只使壞過一次，就是在……那個女孩車禍的那次，他盡他所能地救她，而且沒有先告訴我。」

當她趕到醫院，看到他虛弱的躺在病床上時，她連對他生氣的力氣都沒有了，才好好的一個人，怎麼就突然變得臉色蒼白，明明沒有力氣了，還要硬撐著笑容，告訴她：「沒事的。」

『怎麼可能沒事！你都這樣了！』

『她的人生還很長，不應該因為我，就這樣斷送了。』

『我不相信，是不是她主動親近你的？你不是那種人啊！你、你……』

『我，是真的很喜歡她。』這句話，聽得她心更痛了，她阻止他繼續講他為什麼喜歡女孩的原因，除了好好照顧他，她想不到她還能做什麼。

當然一切並不順利。過沒多久，他的心臟病突然惡化，一度還心跳停止，那一刻已經快把她嚇瘋！

可是他被急救回來的第一句話，卻是問她，『她醒了嗎？』

『……醒了，剛醒。』

她說，他見完女孩後，就把她趕回家休息了，直到早上五點多，她忽然接到他的電話，把她叫來這個公園。

『你不在醫院好好休息，大清早跑來這裡幹什麼！』

他手上拿著鏟子和鐵盒，又是滿臉抱歉。『對不起，我知道，我欠妳太多對不起了，但我現在真的使不出力氣挖土，妳可以幫幫我嗎？』

她完全不能理解挖土要幹嘛，但看著他那個模樣，她什麼也問不出口，只能瘋狂在紀念碑後面的樹林挖土出氣。

『我覺得我的時間，真的太少了。』

『……』

『以前，我都不覺得自己的時間少，但這一次，真的好希望，還能再有多一點時間，把我還想說的話全都告訴她。』

『喂！我都幫你挖土了，可不可以就別再提她了！至少，在我面前不要。』太殘忍了，對她來說，那種痛跟看著他病懨懨的樣子，一樣難受。

他像個做錯事的小孩低下頭，等她挖出一小洞後，幫他把鐵盒埋了起來。最後，她還是忍不住問了，『這裡面是什麼？』

『是我真正的心情、回憶，我把它埋在這裡，讓我的那份心情，不至於會永遠消失在時間的軌跡裡，有一天，一定會有人記得的。』

『完全不懂你在說什麼，重點是你把它埋在這裡，有誰會發現啊。』

『這是，我要拜託妳的最後一件事，請妳幫我把這個手帳，藏到一個地方好嗎？到時候，有人找到了它，就會藉由裡面每頁的第一個字所組成的暗號，找到這裡的。』

「我當時立刻就翻過了，那樣亂七八糟的內容，拿到的人還沒看完就會覺得沒有祕密，到底誰會想到要把每頁的第一個字組合起來呢？我真的會被他氣死！」她到底是氣他，還是想念他，顯而易見。林老師這個人，在她口中出現時，鮮明得好像是昨天才見過的人一樣，他在她心裡，始終沒有褪色過。

Leo 立刻翻起了手帳，很快就把每一頁的第一個字組成了一句話：『日新和平紀念公園。』

「可是，就算有人真的解開暗號找到這裡來了，那個人要怎麼知道，東西埋在哪裡呢？這裡這麼大。」

阿姨搖了搖頭，「他啊，想法真的單純，他說他用了好幾千塊，把一間花店的迷迭香種子全包了，為此他被老闆臭罵一頓，說三更半夜給人添麻煩什麼的。他把那些種子，全部都在灑在紀念碑後面。」

『我已經沒有時間播種了，但至少，這麼大量的種子，一定多少還是會有部分能發芽開花吧。到時候，那個人看到這片迷迭香，就會知道藏在哪了。』

『為什麼會知道？』

他微微一笑。

她說，那是她最後一次看見，他那總是帶了點憂鬱的笑容。是屬於他，才有的笑。

『因為，迷迭香的花語是：愛與美好的回憶啊。』

她認輸了。在他滿臉遺憾說出這句話時，她徹底認輸，輸給那個年輕的女孩，輸給了他們即使短暫、卻互相喜歡的愛情。

她從來無法讓他露出那種表情，一直以來，她總是依賴著他，總是努力想在他面前表現得更有出得了廳堂、進得了廚房的模樣，卻忘了，愛情從來不會因為這些，而有火花。

「愛情的養分，只需要一顆真心，就足夠了。」她露出了一種，花了很長的時間，才理解這件事的表情。

一陣風吹過，紀念碑旁的那片迷迭香，忽然隨著風，漫天的花瓣飛舞。就這麼巧，現在剛好是迷迭香的花季，那如黎明時天空，微微透著紫光的花朵，在這清晨裡，顯得更加耀眼。

「他灑的那些花，就這樣生長了一整片？」Leo 太過理性的發問，把我從悲傷的情緒裡拉回來。

「當然不可能！這片花，是我重新種過的，而且，直到現在，我都會定期回來檢查，因為太麻煩了，所以才乾脆搬回這個城市。」

她的生命好像也跟著林老師一起結束了一樣，再也沒有往前過，她也許連自己都沒發現，她比她所想的，還要愛林老師。

所以手帳上，才會有電話號碼，因為她怕有人解不開，就真的沒人能記得他那份，她無法幫忙記住的心情了。

「這麼早把我們叫來這，就是要我們去挖吧？鏟子在哪？」我跳起來，立刻原地熱身。

「在紀念碑後面，我預估，應該靠近花海的右邊，但就不知道，經過了這麼多年，位置有沒有變就是了。你們加油啊。」

眼看她轉身要走，我對 Leo 搖搖頭，要他別再挽留，她那時不想聽的心情，即使到了現在，她還是不想聽。她已經為這個人做了夠多，她的使命，到今天已經結束，如果她能重新走好自己的人生，就好了。

她再也不需要守在這個城市，守著林老師的回憶，她可以……

遠處，她走到一半蹲在地上抽動的背影，讓我無法再往下想，「換書，還是傷害人了啊。」我們心情沉重地走進花海，儘量小心不破壞花莖地翻找，「我本來還想問她，到底麥新跟林老師有什麼關係。」

「問了她也不知道吧。」

「會不會，是同一個人？」他像是突然想通似的大喊，「妳拿去換的小說，書名是？」

「《花甲男孩》啊。」

「花甲！花甲！」他像當機一樣重複這兩個字好幾遍，連挖土的動作都停下了。

「這種需要動腦思考的事，等我們挖完再來討論，不然等等被路人看見就糟了。」

「真的是花甲嗎？」

「對啦！你看真的開始有人了啦。」

「妳就說妳是未來的中醫師，要來這裡採藥就好啦。」

「很白癡耶。」

按照阿姨的說法，我們集中翻著右方的部分，雖然已經很小心不要傷到花了，但還是避免不了，挖了半個多小時，已經有不少花被連根拔起，就在已經有老人慢慢出現要運動時，Leo 總算有發現。

「這裡！」

我們迅速把鐵盒挖出來，兩個人灰頭土臉地，抱著鏟子趕緊逃離現場，活像是做了什麼壞事的小偷。

拍掉了鐵盒的泥土，用力敲開後，裡頭擺著的竟然是電視劇裡才能看到的英語作業簿，藍色的封面、寫滿字的陳舊回憶，就這樣靜靜躺在盒子，等著有緣人把它打開。等著，思念的那個人，能夠找回它。

19

我沒能來得及看到那本回憶。

此刻的我，腦袋很空白，心情很亂，我在告訴司機地址後，就一直在發呆，沾滿泥土的手，也從接到電話開始抖個不停。

『小禾，妳媽她三個小時前突然敗血性休克，現在暫時是救回來了。她上禮拜感染肺炎，就已經轉到大醫院，她不准我們告訴妳。可現在，妳再不來，可能就……』後面，養老院的姊姊還說了什麼，我已經聽不清楚了，我直接丟下 Leo，獨自跳上計程車。

肺炎……肺炎這麼嚴重的事，媽媽她到底在想什麼，為什麼不讓養老院的人通知我！

我簡短傳了幾個字給 Leo，就把手機丟在包包裡，什麼也不想再想。

「敗血性休克……都惡化成敗血症了，還不讓人通知我！再怎麼任性也要有個限度啊！」我歇斯底里大吼，把司機嚇了一跳，他加快了開車的速度，連句話都不敢回應。

我媽她，從以前就很任性。

剛升國一不久，她居然說要去考指考，讓我自己學著煮飯，晚上她要把時間拿來念書，甚至還乾脆讓我煮她的份，完全角色調換。

到了升國三，我更是每天晚上都一個人在家，因為她要去上大學，她雖然說著，以後有了學歷，就可以升職加薪，對我們都有好處，但她明明每天都很快樂，她還常常邀請同學來家裡作客，我從沒看她那樣開心過。

『妳女兒煮的菜居然比妳的好吃耶。』當她的同學這樣說，她居然還幼稚地和我比起來，在某一個星期日，辦了個母女廚藝競賽，最後的結果，還是我贏了。

她為了這件事，和我嘔氣三天不說話，比我這個小孩還幼稚。

到了高三，她終於畢業，還換了薪水多一倍的工作，剛換工作領薪水的那天，她帶著我去百貨公司買了好幾套新衣服，我們還一起去吃了一個人要兩千多塊的奢侈鐵板燒。

過沒多久，高中畢業了，她卻突然說，她想去養老院了。不，她並沒有直接對我說，而是自己做了決定，留下一封信和一串帳號就消失了。明明不久前還換了工作很開心的媽媽，轉眼就把新工作辭了、消失了。簡直任性得無可救藥，任性得讓我好氣她。我真的好想知道，她到底都在想什麼！她到底……有沒有在乎過我這個女兒。

可是，我卻無法一直氣她。

隔了一個月，她總算聯絡我，告訴我養老院的地址。

那天她說：「媽媽累了，好累了。」才一個禮拜，待在那的媽媽，像突然老了好幾歲，連表情都和平常愛幼稚的樣子不一樣。取而代之的是，滄桑。

「小姐，到了。」司機把我從恍神裡喊回來。

我下了車就直奔加護病房，做好了消毒、穿好了防護衣，步伐變得猶豫，我有點害怕，害怕看到媽媽插滿管子的樣子。

然而，並沒有。媽媽的脖子上貼著紗布，沒有管子，靠坐在病床，微微打頓的模樣，就好像根本沒生病。

「媽……」

「小禾……妳來啦！玉琪告訴我，她已經通知妳了。」她的聲音很沙啞，我猜是因為剛拔管的關係。

「我快要死了呢。」她微笑地說，讓我更莫名想生氣！「所以醫院很大方的讓我拔掉管子說說話喔。」

「這有什麼好開心的嗎？這很值得炫耀嗎！」

「別氣了，唉，真不知妳像誰，那麼容易生氣。」

「像爸爸吧。」我故意提起這個人，她從不願提起的人。

「才不像，他才不會像妳這樣愛發脾氣。」

「媽……不對啊，妳正常不是應該要轉移話題的嗎？」我討厭這樣，我討厭媽媽躺在病床上，討厭她的反常，討厭這所有突然發生的一切！

我很害怕轉眼就會失去了她，我根本還沒做好那種心理準備。

「我來說個故事給妳聽吧。」

「我不要，等妳出院再說。」

「不行，我沒有時間了。」

我還是哭了，眼淚克制不住地掉，聽著她用虛弱的嗓音說話，更讓我難受！

「妳爸爸，是個很溫柔的人，也是我活到現在為止，遇過最好的人，我不是故意不告訴妳關於他的事，而是我對他的事，咳咳！知道的實在太少了……咳咳！咳咳咳！」

「媽……」我要去叫護理師，她卻抓住我的手，硬要繼續說話。

「禾平，聽媽說……妳一定要去知本溫泉街找一間換書商店，在那個攤位背面寫下自己的名字繼承它，然後要記得，一定要咳咳咳！一定要……每天祈禱它能順順利利的……咳咳咳咳！媽曾經換過書，用我最喜歡的《迷園》，在那裡換了書，才遇見妳爸。」

旁邊的心電圖機發出聲音，醫護人員衝了進來，緊急幫她重新插管！經過緊急處理，她的心跳和血壓才逐漸穩定下來，可是人已經失去了意識。

而我，這才意識到，媽媽剛剛說了什麼話。

「《迷園》……《迷園》……媽……原來是媽媽！什麼啊……這到底是什麼啦！」我拔腿狂奔，哭著打電話給 Leo。

「你在哪裡？」

「我、我剛回家。」

「去我家集合，帶著那個筆記本，用你最快的速度！」我幾乎是用嘶吼的聲音吼道。在計程車上，我立刻拿出筆記本，想要用最快的速度做整理，但手卻比剛剛還要抖，我用力打著右手、打著臉強迫冷靜，強迫自己，忍住哭泣。

我再次撥了電話給Leo，「你邊趕路邊回答我，你當初是用什麼書，換了什麼書？」

「我用《以愛為名》換了《雨季不再來》……」

「那你為什麼對《花甲男孩》那麼在意？」

「因為，聽說麥新換到的書就是《花甲男孩》。」

我沒跟他說再見就切斷通話，立刻在筆記本上畫著關係圖。

我用《花甲男孩》換了《迷園》。

Leo用《以愛為名》換了《雨季不再來》。

媽用《迷園》換了X

麥新用X換了《花甲男孩》。

然後，麥新的手帳電話卻卻是林老師的未婚妻，所以，他們是同一個人。

也就是說，我換到媽媽的命運，而麥新換到了我的命運……如果麥新是我爸，那現在Leo的靈魂有一半，就住著他……

我好混亂。

我和Leo順利會合，也從家裡拿到了《迷園》。在車上，我用最快的速度和他解釋所有情況。

「妳先冷靜點，好、好亂啊。」他盡全力加速開往醫院，同時也和我一樣陷入混亂中。

重新趕回醫院，我以為加護病房的人，不會再通融我進去，沒想到他們這次卻很輕易放行。

「我們已經盡力了。」醫生深感抱歉地說，「您母親的狀況惡化得非常嚴重，最快今天，最慢明天，請做好心理準備。」

我連話都回答不了，只能點頭。

媽媽又重新插上了呼吸管，半睜著眼睛的她，看見我來，恢復了一點生氣。

我握著她的手，努力不讓自己哽咽，「媽……我啊，其實也去換書了喔！妳看，我換到妳的《迷園》喔。」明明不想哭的，但說完這句話，我還是紅了眼眶。

一看到《迷園》她立即瞪大眼睛，我翻到她留言過的那頁，她更是激動得不停流下眼淚，掙扎地想要拔管說話。

「媽，妳現在不能再把管子拔掉了，妳就聽我說就好了，好嗎？我……找到林老師的筆記，妳知道它被埋在哪裡嗎？就在和平紀念碑的後面，他還在那裡種下一整片迷迭香，這本筆記，就埋在花園下面。」

她激動地看著我，表情既悲傷又複雜。

我翻開了筆記，是非常好看的字跡，和那本假的手帳完全不一樣。

*

我是個走錯了很多路，又重生過一次的人。

能夠重生，是因為遇見了換書商店，如果沒有那本書、沒有衝動許下交換人生的願望，現在的我，也許還是個無可救藥的紈褲子弟。

這種如科幻電影一樣的事，就算告訴別人，也不會有人相信吧。

原本，我的夢想就是跟阿嬤一樣，一輩子當個幫助別人的人，無欲無求地過完一生就夠了。

為了又能幫助人，又能有錢養活自己，我選擇了老師這個職業。只是很可惜，因為沒經濟再支撐我去考教師資格的關係，我只能退而求其次，選了補習班老師。

我的身邊，也始終跟著一個女孩，和她相識於大學，我一直知道她的心意，可是我無法回應，我的心思都放在如何教學生、如何讓學生的性格不要扭曲上面，對於感情這件事，我覺得我沒有那個餘裕擁有，她跟著我，是過不了多好日子的。

而她始終不離不棄跟著我，從沒被我的距離感傷到，她真的是個很勇敢的女孩，一路走了好幾個年頭，雖然我還是沒有對她產生愛情，可我認為，我應該回應她一個承諾，這才是男人該做的。

可是，在向她求婚沒多久，我在上班的路上，偶然救了一個準備要自殺的女孩。

她叫嚴幸如，偶爾會在補習班看到的學生。

剛把她從軌道拉回來的瞬間，那絕望的眼神讓我嚇到了！我沒辦法丟著她不管，她訴說著她的遭遇，拚命地說、拚命發洩，表情明明痛苦得不想再說了，卻還是停不下來。

我無法想像，為什麼一個年紀輕輕的女孩，會把自己逼到這種地步。

說也奇怪，陪著她發洩心情時，我一點也不覺得吵，反而很羨慕，因為她有著我沒有過的青春。有這種想法的我很糟糕，因為她說的那些，對她來講很痛苦。

那天離開後，我馬上就後悔了，我很怕她又去做傻事，當回頭後看見她一臉快哭的表情站在路邊時，我莫名心疼。

接著連我自己都驚訝的是，我居然問了她，要不要一起去知本。我私心希望她能找到換書商店，希望那間店能救這女孩一命。

對一個絕望的人來說，那間店擁有絕對的力量。

途中，明明只是簡單的出遊，她卻像小學生一樣興奮，好像只要待在她身邊，所有的生物都會變得有活力、所有的小事都變得有趣，我偷偷拍了她幾張照片，我沒想過為什麼會這麼做。

後來她果然成功換了書，她的眼底藏不住的都是興奮和期待。

我原本會擔心，她會不會許一個和我一樣太大的願望，但看到她突然小女人般的轉變，讓我鬆口氣，猜想應該和人生無關。

而且那天早上的她，很美。說實話，那瞬間我已經忘了她是我的學生了。

我還帶著她去墓園看阿萬叔，那本來是件悲傷的事，可有她陪著，心情竟然沒有以往沉重。

而她卻……說了一句像告白的話，還在晚上的時候強吻我。

不可否認，我差點動搖了，只差一點。

我拚命告訴自己，她是我的學生，雖然不在我教的這一班，她還是個學生，發生那種事，是不被允許的。

回程時，她偏偏又偷吻我第二次。

我還是不能回應她，一點也不能。只能繼續裝睡、裝作一切都還跟原來一樣。然而即使我再怎麼克制自己，還是沒用。我還是很想知道她回家之後好不好，心情如何，會不會因為受刺激又和那個傷害她的男友和好了。

她的狀況愈來愈不好，應該和她的母親更加嚴厲管教有關。她經常露出一種彷彿被束縛了翅膀的眼神，我不需要和她說話，就可以知道，她壓抑得多痛苦。

明明告訴自己不能再和她有任何瓜葛，我還是在她被別的老師罵時，把她帶走。

她再次帶著她那好像永遠也消滅不完的勇氣，逼問我的真心。在那樣的氣氛下，她就是有辦法用她的幽默讓我大笑，她不知道，自從遇見她後，我已經這樣發自內心大笑了好多次。

只有她，才能讓我心無旁騖地，感受快樂。

在那一瞬，我已經本能地回應她。我知道，我們都將面對一個艱難的未來。

我很後悔，但又不後悔。

後悔的是，我的決定害她發生車禍，害她在鬼門關前走了一回。不後悔的是，愛上她，是我人生最幸福的事。

即使我們的回憶少得可憐，即使我們都還來不及了解彼此。但我知道，這份感情比什麼，都還真。

是她，讓我這個換來的人生，多了一絲不一樣的風景。是她，一再用簡單的方式讓我笑、讓我感到溫暖。

她說，想和我私奔。

我很想跟她說，我不能，我不能再和她有更多的時間了。

我終究是答應她了，我自私地想著，再一天就好，再讓我們創造一天的回憶，這一天我只想和她，當一對平凡的戀人。

要先做什麼好呢？先一起去圖書館看書吧！大家都是那麼約會的吧。還是一起……去哪都好，只要有她在。

我沒時間寫更多了，我好冷、好累。

我只能把這份心情藏在迷迭香底下，代表了我珍惜的她，是愛與美好的回憶。

如果有天，有人發現了這本筆記，請幫我告訴她，我始終都沒有離開，我一直都在這。我會等，等我們還能再見面的那一天到來。

＊

媽媽已經哭到枕頭都溼了大半，我緊緊握著她，感受著她愈來愈冰冷的手，也不爭氣地大哭了。

她摸了摸我的頭，勉強擠出一絲難看的微笑，她比了手勢想寫字，可是才剛握好筆，又鬆掉。

我的心涼了一半，知道她現在已經連筆都沒辦法握了，我非常害怕醫生說的那一刻到來。我還沒作好準備。

我才剛知道我的父親是個什麼樣的人、知道了這麼多事，我還沒準備好媽媽隨時會離開。

我幫忙握緊她的手，讓她慢慢移動寫字。

『禾平，我好想看看那片迷迭香啊。』

「媽……」

『很漂亮吧。』

「漂亮、非常漂亮！我去問醫生能不能讓妳現在就出院！」

「禾平，別這樣！」一直沉默陪著我的 Leo 阻止了我，「冷靜點，阿姨還想寫字。」

『別哭，妳的眼睛，跟他很像。』

『媽、妳每次都會用一種很恐怖的眼神，盯著我發呆耶！』

『有、有嗎？』

小時候，我常在客廳寫作業到一半，看過媽執著地盯著我的模樣。這一刻，我已經無法控制眼淚，愈哭愈哽咽。

她的手愈來愈無力，才剛重新放到筆記本上，下一秒，心電圖機發出了刺耳的聲音，握著的手也像洩氣的氣球，再也沒有生氣。

「媽……媽！」

我幾乎當場就昏厥，好像這樣，我就能跟著媽媽的靈魂一起離開似的，當然，她沒有帶走我。

但我做了一個夢，夢裡看見爸媽一起牽著手，站在那片迷迭香前，表情很是幸福。

他們同時回頭看了我一眼，身影就隨著花辦，飄散在天空中。

我好想叫他們等等我，好想讓他們別走，可不可以別讓我一個人活著。

「還有我在，還有我。」

我緩緩睜開眼睛，看見 Leo 心疼的眼神，「還有我，妳不是一個人。」

「媽真的走了……真的走了……嗚嗚嗚嗚！」

我只能這樣一直哭，哭到聲嘶力竭也不夠，什麼念書、什麼賺錢，那些東西變得一點意義也沒有。

「還有我，我不會走的。」

那天，除了我的哭聲，還有 Leo 一遍又一遍重複著這句話的聲音。我想，如果沒有他的話，我可能會崩潰得再也振作不起來吧。

*

一星期後。

我的生活像是被重新洗牌一樣。

處理完後事，我完全不知道以後的方向在哪，我不再有動力念書，也不再有動力認真賺錢。才知道，媽媽真的存了很多錢，要慢慢幫我分擔安養院的費用，那些錢足夠讓我調適完心情再工作。

我每天都去和平公園發呆，一直重複想著爸媽兩人相遇的故事，想著他們是如何的生死兩隔，想著他們那麼巧，剛好換過書又相遇，就跟我和Leo一樣。

「不是說今天要去知本，妳怎麼又跑來這裡了。」Leo沒好氣地說。他看起來很喘，在這樣的初冬，還流了一些汗，他一定到剛剛之前，都還很擔心地到處找我吧。

這個人，身體裡有一半住著爸爸換書以前的個性，而現在我的身體裡，則是住著，屬於年輕的媽媽的鬥志。我們四個人，是這樣的密不可分又命運地相遇，這肯定是命運開的一個玩笑吧。一個既悲傷又幸福的玩笑。

「在想什麼？」

「我們會相遇應該不是巧合。」

「是命運吧。」

叮鈴——叮鈴、叮鈴——

一瞬，耳邊彷彿傳來了一陣風鈴聲，我們同時回頭，卻什麼也沒有。

「換書商店，也許是神留下來的奇蹟也說不定，如果沒有它，就不會有我，也不會有你了。」

他沒有回答，溫暖地握緊我的手，「走吧，未來的換書商店老闆娘。」

「這樣聽起來好像滿稱頭的，要不我乾脆做個名片，你覺得呢？」

「好啊。」
「下次，讓我跟你一起去做義工吧！我想更了解你。」
「好啊。」
「你怎麼都只說好啊。」
「因為……」他停下腳步，「有妳一起，做什麼都好啊！」
我輕輕笑了，第一次對他有了未來的想像，那是個很美的未來。
前往知本的路上，我總算把《迷園》全部看完。說來也奇怪，看完之後，占據心頭的悲傷，好像沒那麼難受了。原本萎靡的鬥志，又悄悄燃起，忽然很有信心，覺得自己可以做到任何事。
再次來到換書商店前，我拿著奇異筆突兀的在一片白色字體旁邊，寫上自己的名字，就在媽媽的名字旁。
「我嚴禾平，從今天開始，會好好認真每天祈禱，直到我交給下一個人為止！」說完這句話的同時，風鈴又響了一次，像是在認可我的接任。

*

——「後來呢？」阿浩聽完我說的一大段錯綜複雜的故事後，接著問。
「沒有後來了，今後的故事是未來式。」
「那妳有辦法讓我能換到書嗎？」

「有點難，這不是我這個老闆娘可以決定的。」

他失望地嘆口氣，「不過，這個故事真的可以讓我登上專欄嗎？」

「可以啊。」

「那妳，今後打算怎麼辦？」

「當然是先考上中醫，其他的，就隨命運囉！先這樣吧，Leo應該等得不耐煩了。」

「一開始對你們態度不好，我很抱歉。我沒想到你們會找出這個我在意很久的事。」

「我只是找出自己的人生謎團而已，和你一點關係都沒有。」

他笑了，這次的笑容比上次見面真心許多。

跨步踏出咖啡廳的同時，刺眼的陽光像此刻的未來，耀眼卻看不清，但一切都讓人期待。

我還是會經常去和平公園，或去那間已經換了老闆娘的書店逛逛，我沒有再看到未婚妻阿姨的蹤影，或許她已經重新開始了也說不定，像我一樣。

也許人生就是不斷在這些重新開始中重生的，即使沒有換書，也能靠努力來改變一切。

叮鈴——

耳邊，傳來偶爾會出現的風鈴聲，這個時候我就會知道，某個有緣人光顧商店了，我會靜靜為他祈禱，願這位換書人，能一切順利，能在交換的人生裡，找到自己的路。

（全書完）

後記

這個故事創作於二〇一七年的秋天，從秋老虎的炙熱，寫到微感涼意的秋末，從最開始只是想寫一個關於換書的故事，寫成了帶有一點邏輯的奇幻故事。

故事最開始的雛形，是在某天，我在一條早就停佇過無數次的巷口，赫然發現一個老舊的紅色攤位，上頭寫著「換書商店、自由換書」幾個字，然而書攤上卻是堆滿了雜物，這個攤子，不過就是那戶人家用來堆放雜物的櫃子而已。

就是這麼一個奇特的攤子，瞬間刺激了想像，想像著是怎樣的年代，才會有這麼特別的換書攤位，想像著這個攤位還光鮮亮麗時，擺在上面的都是什麼書，真的會有人老老實實地換書，而不偷書等等的疑惑。

於是，短短幾小時的思緒漫遊，腦海中已經勾勒出故事的雛形，但光寫換書太無聊，太不像我會喜歡的路線，所以我決定加了千絲萬縷的連結，把每個角色都串連起來，這才有了這個名為《轉角的換書商店》這個故事。

故事完成多年，我一直為沒能好好替它找個家而感到慚愧，於是在去年，偶然發現可以報名參加《第三屆青年網路文學獎》，所以就去參加了。

原本想著能得個優秀獎就要偷笑了，畢竟網路文學如同一片深海，高手一山還有一山高，我沒有自信這個故事能夠打出多好的成績，萬萬沒想到的是，居然得了二等獎，超乎意料之外的二等獎。

當下的心情實在不敢置信，這個故事乏人問津多年，擺在網路的一角，早已生灰長草，居然還能受到賞識，實在是何其有幸。

也很慶幸，這個故事最後能順利地和秀威出版合作，得以出版，正式以書的樣子，和大家見面。

寫作這條路，我決定像太宰治說的：「身為小說家，寫出一本傑作就該去死了。」，抱著這個覺悟寫下去，寫到有傑作的那一天，為止。

釀愛情18　PG2813

轉角的換書商店

作　　者　A.Z.
責任編輯　喬齊安
圖文排版　黃莉珊
封面設計　劉肇昇

出版策劃　釀出版
製作發行　秀威資訊科技股份有限公司
114 台北市內湖區瑞光路76巷65號1樓
電話：+886-2-2796-3638　傳真：+886-2-2796-1377
服務信箱：service@showwe.com.tw
http://www.showwe.com.tw
郵政劃撥　19563868　戶名：秀威資訊科技股份有限公司
展售門市　國家書店【松江門市】
104 台北市中山區松江路209號1樓
電話：+886-2-2518-0207　傳真：+886-2-2518-0778
網路訂購　秀威網路書店：https://store.showwe.tw
國家網路書店：https://www.govbooks.com.tw
法律顧問　毛國樑　律師
總 經 銷　聯合發行股份有限公司
231新北市新店區寶橋路235巷6弄6號4F
電話：+886-2-2917-8022　傳真：+886-2-2915-6275

出版日期　2022年7月　BOD一版
定　　價　340元

讀者回函卡

Printed in Taiwan

國家圖書館出版品預行編目

轉角的換書商店 / A.Z.著. -- 一版. -- 臺北市：
釀出版, 2022.07
面； 公分. -- (釀愛情；18)
BOD版
ISBN 978-986-445-689-5(平裝)

863.57 111008850